U0679653

筑梦人

我的祖父祖母

李瑶音 著

ZHEJIANG UNIVERSITY PRESS
浙江大学出版社
·杭州·

图书在版编目（CIP）数据

筑梦人：我的祖父祖母 / 李瑶音著 .— 杭州：浙
江大学出版社，2023.3（2023.5重印）

ISBN 978-7-308-23073-5

Ⅰ. ①筑… Ⅱ. ①李… Ⅲ. ①纪实文学—中国—当代
Ⅳ. ①I25

中国版本图书馆CIP数据核字（2022）第174854号

筑梦人：我的祖父祖母

李瑶音　著

责任编辑　卢　川
责任校对　陈　欣
责任印制　范洪法
封面设计　VIOLET
出版发行　浙江大学出版社
　　　　　　（杭州天目山路148号　邮政编码：310007）
　　　　　　（网址：http://www.zjupress.com）
排　　版　浙江时代出版服务有限公司
印　　刷　杭州宏雅印刷有限公司
开　　本　880mm×1230mm　1/32
印　　张　6.875
字　　数　131千
版 印 次　2023年3月第1版　2023年5月第2次印刷
书　　号　ISBN 978-7-308-23073-5
定　　价　48.00元

浙江大学出版社市场运营中心联系方式：（0571）88925591；http://zjdxcbs.tmall.com

　　李瑶音的《筑梦人：我的祖父祖母》是一部经过独到的题材开掘和主题提炼的非虚构作品。

　　作为中国作家协会 2021 年的重点扶持作品，它具有扩展历史认知和把握现实观照的价值。作品追忆了为中国人民的解放事业献出自己一切的革命前辈，而这批前辈中亦有作者的祖父。因此也可以说这是一部独具特色的红色题材家族叙事作品。

　　作品的主题提炼有高度和深度。作品歌颂的是草根英雄。在中国人民的解放事业中有千千万万的先烈，有些有名，大多无名，他们是普通人，甚至不少人还不是共产党员，但是他们在为革命斗争做事。在革命者队伍中，他们基数很大。假如没有这样一些人，中国革命就不会取得最后的胜利。作者将作品献给他们，是对红色历史的补充和完善。比之以前，我们缺少为草根英雄、无名英雄立传，但这部作品填补了这一空白，具有非凡的价值。

筑梦人
——我的祖父祖母——

　　作者是一位知名作家，同时她又有媒体工作的丰富经验，有新闻的敏感性。作家的田野调查很成功，对史料的掌握运用也做到了丰富翔实，对老一辈革命者的抢救式采访既及时又生动感人，同时对祖父他们所处的时代背景，以及地下工作的规矩都梳理得比较清楚，歌颂了浙江地下党人和祖父一家当年的艰辛与牺牲、他们信仰与意志的坚定。作者扎实的文学功力，使作品达到了新闻性和文学性的统一。作品将家族叙事与革命叙事有机融合，既有革命者的气概又有平民烟火气，也赋予了作品特有的魅力。

范咏戈

中国作家协会全国委员会名誉委员　《文艺报》原总编辑

　　这是一部寻找红色家族传奇的纪实文学作品。作者以
"我"的视角，站在今天的时代节点上，以遵循真实历史
的态度，从身边亲历者或见证人的口述和历史档案资料开
始自己的寻访之旅，探寻家族先辈的足迹，展现革命者追
求真理和信仰的那段可歌可泣的红色岁月。

　　作者以真挚的情感和饱满的笔触，察微探幽，曲折有
致地梳理、表现了红色初心的铸成与磨砺，革命洪流之下
的家族沉浮、个人命运。家族故事与时代叙事交融混杂，
枝枝叶叶都有所见，点点滴滴俱是时代篇章。文章全程展
现探寻之路，理据翔实，拳拳赤子之心真切感人。切口虽小，
却有纵横百年的历史景深，具备红色大片的气质。

高　　伟

《中国作家》原副主编、编审

目录

第一章

一

国弱民贫，以天下为己任

阳春三月，暖日温馨，绍兴青绿，那飘逸在大街小巷的黄酒味，更是香醇得化不开，浓烈得催人醉。

马山镇宁桑村冯家台门，修缮一新（那种修旧如旧的新）。宽阔的大门紧闭着，门上的铜扣环在光照下反射出星星点点的亮色，似在轻声叙说从前的故事……负责维护老宅的村民，走上前去打开了门锁。

沉重大门开启的一刹那，我恍惚，我泪目。泪光中，我的祖父祖母、曾祖父曾祖母，一个个在向我走来，他们脚步稳健，笑意盈盈，伸开双臂迎接我这个寻找了许久许久的冯家后人……跟随着他们，我走进了绿植悦目的前庭，迈进了书香飘逸的厢房，走上了静谧的回廊楼梯——"侬看，这就是我们的家园……"耳畔仿佛响起他们的声音，我迟疑的脚步、飘浮的脚步、恍如隔世的脚步，开始重心回落，恢复了稳稳扎扎的感觉。一切似梦非梦。

宁桑南池娄冯家台门，俗称九间三进大台门，院子套着院子，楼廊连着楼廊，大石板砌就的石硝墙，把这一切围了起来，更显幽静和神秘。

我亲爱的祖父，你就是从这里走出，以救国救民为己任，走向了远方。后来，你的大哥和六弟也追随你而去，抛洒了热血和生命。今天，是你在引领我走向这里，让我得以解密你们血脉相承为信仰献身的基因。

是的，冯家台门得到了保护，它成了文物。冯家后人深感欣慰，尽管自"连"字辈后，几乎再没有冯氏后人出生在这大屋，但它作为一个家族历史的载体，记载着几代人的生活风俗，见证了民族文化的传承，映照出人类文明的点点滴滴。而从这里走出的冯家有志者，无论去向何方，无论魂归何处，古老的大屋在默默期待，期待着英魂的归来，期待着后人的解读，期待着曾经的繁华和荣耀。

出生在另一江南小城的我，曾跟随父亲来这里寻祖，一晃十年有余。

而今，冯家台门里的先驱者，一个个有血有肉地在眼前显现，在这个大屋里，他们或赋诗，或咏辞，或书写……随着时光倒流，我听到了琅琅读书声，看到了我的祖先，祖先中的革命者，他们在大屋里发奋学习、苦练本领，为"精忠报国"打桩筑基，当信仰引领着他们走出大屋时，他们是那样的义无反顾……

我敬爱的祖先，当你们用自己的血肉之躯，奋力点亮民族文明的灯塔时，这个世界是留下记痕的——十余年间，从德清县档案馆大海捞针般查出的有祖父姓名的通缉密令、追捕通报、极密情报等不下六份，从日伪政府发现祖父等人"恐为潜伏者"，到国民党政府先后发出不下三次通缉令，其中在县府上报浙西行署被通缉的革命者名单中，祖父从第六被排到第五。直至不在人世，他仍被列为"在逃通缉者"。在一份有着27人的通缉名单上，三人被注明死亡，其中包括我祖父（德档馆藏288-001-00036-044民国档案极密件）。

对这样的通缉令，我们要怎样来看待？方志敏烈士的长孙方华清，对国民党于1927年4月19日发出的"天字第一号"通缉令（通缉197名共产党员，其中有他的祖父方志敏），表达了他的想法："我们后来的一代代共产党员们，应将其视为我党先驱烈士们的光荣榜，牢记党苦难而辉煌的历史，从中汲取无穷的精神力量。"

令人倍加感慨的是，我所查到的民国密档，其中有一份被中共德清县委党史研究室摘录的"奸伪组织人员一览表"（德档馆藏288-1-35/288-1-9），排头个的黄宜生（中共县长）被称"匪县长"（"奸伪""共匪"等，是当时国民党政府对共产党的污称），第12个是祖父（谍报队长）。循着这份党史研究室摘录的"奸伪组织人员一览表"，我又万分幸运地找到了《中国共产党浙江省德清县组织史资料（1927.5—1987.12）》，从中也查到了祖父，他在抗日民主政府中职务仍是谍报队长。之前我们谁都没想过有这么一本地方文献，有着这样的记载。祖父在史书中又"深潜"了几十年，直到中国共产党建党100周年之际，他的后人才在这里正式核准他的真实身份。

我的追寻之旅千辛万苦，却也惊喜不断，爷爷啊爷爷，可以书写你们的纸墨已经展开，我将至臻至诚地落笔，展现你们这些平凡英雄的不凡人生。

"初心易得，始终难守。以史为鉴，可以知兴替。我们要用历史映照现实、远观未来，从中国共产党的百年奋斗中看清楚过去我们为什么能够成功、弄明白未来我们怎样才能继续成功，从而在新的征程上更加坚定、更加自觉地牢记初心使命、开创美好未来。"①

是的，以铜为鉴，可以正衣冠；以人为鉴，可以明得失；以史为鉴，可以知兴替。再忆先祖，传承贤为，立心天地，砥砺前行——站在冯家台门最后的庭院，望向有信鸽一掠而过的蓝天，脑中有个人影从模糊到清晰，明丽中带着几缕哀婉……我分明听到了她的声音："民劳，吾何忍独适。"这是明代户部尚书夏原吉之言，也是章氏教育孩子的座右铭。

章氏，我的曾祖母，她是秋瑾的拥趸，曾与何香凝吟诗作画，与娘家人一起参与创办春晖学堂……她是我父亲和姑妈口中的神奇人物，万分遗憾的是，他们不知道她的名字，只记得叫章氏。

依逻辑推理，章氏应该是冯家台门最早的革命者，是后辈仰望的筑梦人。

---

① 习近平. 在庆祝中国共产党成立100周年大会上的讲话 [EB/OL].(2021-7-15)[2023-01-11].http://jhsjk.people.cn/article/32146864.

名师之乡志士辈出

那年的秋，那年的越地，小草从石缝中探头探脑，顶着寒露要看世界。只听得一阵鼓乐齐鸣，见有花船傍岸，秀丽的新娘甩脱了他人的搀扶，径自走到桥墩旁，向蹲在那里的乞丐，分发起银圆。这是她的私房钱，之前也经常拿来救济他人。她把绣兜里余下的银圆，交给送亲的家人，让他们分给附近其他乞丐。

早早候在岸边的花轿，那轿帘的流苏颤动着，仿佛在催促新娘。新娘低头落座，身子却不由自主地颤抖了一下。

这就是我的曾祖母章氏——父亲和姑妈他们说，旧时代女人出嫁后，她的名字便是在夫家姓的后面加个氏，姓王的叫王氏，姓毛的叫毛氏，久而久之，再也无人记得她在娘家的名字。我的曾祖母也仅仅留下了她的姓。她被八人大轿抬进了宁桑村冯家大宅，陪嫁品除了一箱又一箱的字画，还有一栋小楼。

我的曾祖父冯泽山，是位绍兴师爷，满心想象着婚后神仙眷侣的幸福日子。其实此时的他已经自断大好前程——在京城刑部做事的他，突然辞了朝廷回了乡。很久以后家人才知道，他是遇到了冤枉官司，不愿违心害人为虎作伥，找了借口归隐了田园。

马山镇宁桑冯家台门边上有个溇（绍兴人把小河称为溇），

先辈定名南池溇，溇浜可以停泊大小船只。溇浜岸有河埠头，也是乘客上下船的小码头。对于深宅大院的冯家来说，水系是活路，从边门的河埠头上船，手摇的，脚划的，到绍兴城，到杭州，到上海……一路的水迢迢，到任何想去的地方。

迎亲队伍的十几条船走水路，也就眨眼的工夫。新娘乘坐花桥，只是一个仪式，摆摆样子罢了。

正好年华的章氏，穿上了嫁衣，却拒绝了那珠光宝气的凤冠霞帔。豪华的迎亲阵势并未让她有多喜悦，却是心有千千结般愁了一路——已是秋凉时节，路上行人大都薄衣破衫，赶路的，行船的，佝偻着身子光着脚，凄惶着脸色袖着手；挤挤挨挨的民居都是摇摇欲坠的样子，一座接着一座的古桥上，往来着衣不遮体的男女，食不果腹的乞丐；随处可见毛色肮脏的野狗，打架的打架，昏睡的昏睡，时不时还会窜出比猫还大的老鼠……满目凋零啊，那书画中的诗意在哪里？这还是鱼米之乡的绍兴，那么灾荒连年百业不兴的地方，百姓的日子又是怎样一种光景呢？

在家一直看书绘画吟诗的章氏，对外面的事并非不了解，反而听闻了不少，姐妹朋友间也有说道，胸中早已累积了无法排遣的愁闷。眼下，她风光出嫁，面对的却是那么强烈的反差——民不聊生，百姓连吃顿饱饭都成了奢侈。内心深处，有一种负罪感在咬噬她，为什么，为什么会有这么多人活在贫困无望中？不是说人人生而平等吗？！

新婚之夜，新娘和新郎谈起了民生、民族势运，当谈到日后的生活时，新娘表示，她不喜欢那种饭来张口衣来伸手的生活，她手足健全，要帮夫君操持家务。家大业大的冯家台门，如果几房只顾自己挥霍无度，再厚的家底都会被掏空。读书人家都知道《红楼梦》，这是最好的警示。她提出，家中的丫头，有的太小，还是给点钱让她们回家。夫君说，有的女孩是爹妈带着一路讨饭过来，把她扔在了这里。你让她去哪里？她已经习惯把这里当自家了。

"大屋里的小姐也要多出去看看的。"

"老祖宗有规矩，破例要被笑话的，其他几房也不会接受。"冯泽山尽管被当地人称为开明绅士，也向往着一个理想的世道，但面对现实，要他带头打破陈规陋习，照绍兴人说法，除非"琵琶能结籽，唢呐也开花"。

章氏接受的教育，似乎要比夫君新式些，与封建落后的那套格格不入。嫁入冯家第二天，她就把一些新书送到了私塾。

那时，除了中华传统文化中经典蒙学读物，上海的小学生课本中，已有《爱本国说》这样的文章。文曰："我身及我之父母祖宗，所生所居之地曰本国，本国之人曰国民。兴盛之家，外人不敢侮其子弟；兴盛之国，外国不敢侮其国民。故国而强，国民之荣也；国而弱，国民之耻也。尔辈虽年幼，非皆中国之国民乎？既为其民，即当爱之，爱之则欲其强，不欲其弱矣。然国不能自强，必以人强之；人欲强国，必先自强……"

很快，章氏为冯家一连生了五六个孩子，把新学慢慢地输进了孩子们的心里。依然年轻的她，依旧向往着诗意的生活。然而，战争不断，民族积弱，国家处在风雨飘摇之中，即使像她这样身在江南的大家闺秀，仍可感受到整个天地间弥漫着的凄风苦雨。她无法安宁下来，觉得自己必须做点什么。宁桑村太小，她几乎找不到可以谈论国是、可以交流志向的盟友。

渐渐地，她回娘家的频率高了起来。白马湖畔，经常是仁人志士往来之地，有经亨颐这样的当地教育名人，也引来过何香凝这样的辛亥革命人物。泛舟白马湖，每个人对当朝的讨伐慷慨激昂，爱国救国之心灼热高涨，思想碰撞的火花激越飞扬……他们的呐喊声如同高远的星空划过一颗颗璀璨的行星，他们要唤起民众觉醒，改变一个落后贫穷的国家。

从白马湖返回宁桑冯家，章氏总有新学带来。当鉴湖女侠秋瑾在四乡游说发动民众时，她不仅如饥似渴地聆听，还去绍兴跟随听讲。从宁桑到绍兴，划船要两个时辰，驶过一段段河道，穿过一个个桥洞，不知疲倦的她，上了岸依然是精神气十足的进步女生。她赞赏秋瑾的学识政见，期待加入她的行列。她知道，一旦被朝廷知晓，是要掉脑袋的，甚至还会牵连家人。可她铁了心要跟着革命，只要能推翻清朝帝制建立共和政体，还世道一个朗朗乾坤，即使拿了她的命，有何不可！

那时的章氏，不知道《国际歌》，也不知道里面有这样的歌词"从来就没有什么救世主，也不靠神仙皇帝，要创造人类的幸福，全靠我们自己"。她只知道不能把希望寄托于神的眷顾，而是要靠自己的争取。

一切犹如随风入夜，润物无声。在革命先驱者催生之地绍兴，嫁入冯家的章氏结识了决意推翻专制朝廷的革命者，她的报国情怀有了依托，有了支撑。

然而，做先驱者必定会有牺牲。1907 年 7 月 15 日凌晨，秋瑾从容就义于绍兴轩亭口，年仅 32 岁。事先，她明明可以离开绍兴，但她没有，而是以"革命要流血才会成功"的气概，毅然留守大通学堂。章氏的心疼痛至极，一个只比她长几岁的巾帼英雄，就这样离去了，她脑海中浮现着秋瑾那热情爽朗干练的一举一动，那像绍兴方言一样直邦邦的坦率真诚，那说到激动处的手舞足蹈……秋瑾没死，她活在了像章氏这样的追随者心中。

章氏夫君冯泽山与妻子约法三章，勿公开抛头露面，勿丢下孩子不管不顾，勿违背冯氏家规。他担心妻子的人身安全，担心孩子们会失去母亲。想到秋瑾被砍头，没人敢收尸，在绍兴街头暴晒数日，他就不寒而栗。

那几日，章氏把自己关在书房，画画写字，写字画画，泪水滴在纸上，她用墨汁晕开，缊出一朵梅花，勾出一片竹叶，梳出根根笔直的松针……满纸氤氲，只为祭奠鉴湖女侠。

秋瑾被害百余日，阴郁的河道上又传来噩讯，冯泽山听闻急忙跑向书房。书房里，章氏正让老三在学写字。六岁的老三冯文治（冯国柱），已在母亲的指点下，一字一句地诵读秋瑾诗句："幽燕烽火几时收，闻道中洋战未休，漆室空怀忧国恨……"

"侬看要不要命，县令李钟岳上吊啦！"冯泽山跑进书房，告诉妻子这一噩耗。

押送秋瑾赴刑的，正是清末山阴县令李钟岳。山东安丘人李钟岳，18岁中秀才，39岁中举人，1898年中进士，1907年正月任山阴县令。他通过科举一步步走上仕途，是一个典型的儒官。1907年正月，秋瑾从上海回到家乡山阴，到大通学堂任督办主持校务。这是光复会领导下的秘密据点，也是秋瑾宣传革命的讲台。7月6日徐锡麟在安庆起义遭到镇压，浙江巡抚张曾扬即急电绍兴知府贵福，贵福即命令山阴县令李钟岳查抄大通学堂，抓捕秋瑾等人。不过，李钟岳早就仰慕秋瑾的才学，常以秋瑾"驰驱戎马中原梦，破碎山河故国羞"的诗句，教育自己的儿子："以一女子而能诗，胜汝辈多矣！"

他接到指令后，并未行动，一方面反复向贵福陈述，大通学堂并无越轨行动，如武力摧残惊动地方，不好收拾。另一方面拖延时间，让师生逃走。但没过多久，贵福传他到府署，下命令"速将该校师生悉数击毙"，否则，即告他与该校同谋逆。无奈，李钟岳只得会同抚标兵管率新军300人，前往大通学堂捉拿"乱党"。为避免士兵开枪伤人，他故意乘轿走在最前面，让清兵跟随其后。进入学堂后，他又下令兵丁不许乱射，只许捕人。次日一早，贵福又命李钟岳到城外查抄秋瑾的娘家。问明有一小楼确系秋瑾所居，他却没让人检查。最后草草收兵，无获而归。李钟岳的这一行为，保护了很多人。因为在那座小楼里，藏有秋瑾与友人的往来信件，以及其他相应文书。一旦被查出，势必带来更大范围的腥风血雨。像章氏这样的追随者，还能不能活下来都难说。这也是冯泽山想想都后怕的事。

人们还要感谢李钟岳的是，在秋瑾生命的最后时刻，他力所能及地给了她最高的礼遇，予以极大的尊严。审讯秋瑾时，他破例在县衙花厅设座问案，不动刑具。略做审讯后，便授秋瑾以纸笔，使秋瑾得以写下"秋风秋雨愁煞人"七字，为后世传诵。此情形却被密探报至贵福，贵福气势汹汹地责问他："为何不用刑讯，反而待若上宾？"

"均系读书人，且秋瑾又系一女子，证据不足，碍难用刑。"李钟岳如是辩解。

贵福认定李钟岳有意为秋瑾开脱，袒护革命党人，便急电浙江巡抚。当李钟岳被召至府衙，放至他眼前的巡抚手谕，便是杀害秋瑾的命令。此时他仍争辩："供证两无，安能杀人？"

贵福厉声训斥："此系抚宪之命，孰敢不遵？今日之事，杀，在君；宥，亦在君。请好自为之，毋令后世诮君为德不卒也。"

秋瑾行刑后仅三日，李钟岳即因"庇护女犯罪"被革职。在杭州寓所，他终日闷闷不乐，反复念叨"我虽不杀伯仁，伯仁由我而死"，对秋瑾之死深感内疚，经常独自一人注视默诵密藏的秋瑾遗墨"秋雨秋风愁煞人"，泪流不已。10月29日上午9时，李钟岳乘家人不备，在寓中悬梁自缢，年仅53岁。强烈的正义感，使其成为另一种意义上的斗士。他还保护了秋瑾的一大批朋友，包括章氏这样的众多抗争者。秋瑾被害不久，就有地下渠道传来密讯，那座小楼藏着的许多革命党人的秘密，已经被安全转移。不想，李钟岳却没有放过自己……泪水再次濡湿衣襟，章氏放下孩子，在祭奠秋瑾的香炉里，又插上一炷香，默默拜祭。

一个绍兴女子倒下，千万个吴越儿女站起。他们中有的原本就无官方姓名，有的刻意隐姓埋名，各种代号背后是他们自觉的担当。当一个又一个革命先驱者倒下，后面会有更多人紧随而上，他们的战术也在调整，于是，越来越多的隐形先驱者在悄悄地传递先声：我们，爱国、进步、民主、科学；我们，反帝、反封建、反专制。两年后的1909年11月13日，苏州成立了南社，活动中心在上海。这是一个资产阶级革命文化团体，发起人是柳亚子等。受孙中山先生领导的同盟会影响，南社取"操南音，不忘本也"之意，支持资产阶级民主革命，提倡民族气节，反对清王朝的腐朽统治。1911年春夏间，绍兴成立了"越社"，成为南社在浙江的分支机构，与南社遥相呼应。越社成员数百名，名流有鲁迅、范爱农、宋琳等。

章氏告诉夫君，她想加入越社，和大家在一起吟诗作画做文章。冯泽山知道，越社名义上是个文学团体，但参与者实际有革命动机。他慎重说出自己的主张，既然要革命，应该男人出去。他可以去越社，去办报，女人家最大的事体，就是教育孩子，让孩子们开阔眼界，掌握本领，长大才可精忠报国。其实，这也是章氏的激将法，她并不知道越社欢不欢迎她这样的女性加入，她更多是想推丈夫加入革命行列。

1912 年 1 月 3 日，越社创办了《越铎日报》，鲁迅参与筹备，并担任名誉总编辑。针对"专制永长，昭苏非易"的社会现实，鲁迅以"黄棘"为笔名，在《越铎日报》创刊号上发表《"越铎"出世辞》，以极大的热情，欢呼辛亥革命的胜利，他不无自豪撰文道："越人于是得三大自由，以更生于越，索房则负无量罪感，以底于亡。民气彭张，天日腾笑，孰善赞颂，庶猗伟之声，将充宙合矣。"面对光复后的绍兴，"封建的辫子还没有完全割去"，封建势力依然十分猖獗的现状，他表明坚持"思想革命"，坦露彻底变革社会的坚定决心与意志。鲁迅前后主持《越铎日报》四十多天，这是他在辛亥革命时期的重要活动之一。他在《范爱农》一文中写道："一个去年听过我的讲义的少年来访我，慷慨地说，'我们要办一种报来监督他们。不过发起人要借用先生的名字。还有一个是子英先生，一个是德清先生。为社会，我们知道你决不推却的'。我答应他了。"在鲁迅的指导下，宁桑冯家台门的冯泽山，和一批越社成员，对创办《越铎日报》充满了信心，决心把它轰轰烈烈地办下去。最终，《越铎日报》成为辛亥革命后绍兴出版的历史最长、影响最大的民办进步报纸。

冯家大屋里的孩子在一个个长大，父母也对他们饱含期望。他们希望孩子们能够为民众效劳，为国家效力，这首先必须掌握真才实学。他们看中了绍兴几个有名的学校，冯泽山决定，老大不用再去外面读书，乡下那个家，要交给长子管理（没想长子后来当了小学校长，又参加革命……），老二最好也跟着老大留在宁桑，老大忙不过来时，他可以顶上。老三、老六（中间一个女孩夭折）是当科学家、艺术家，还是思想家，要看造化。他没有想到的是，这里面至少有两个要做革命者。更让章氏想象不到的是，五个儿子有三个去了湖州府的德清……

绍兴师爷冯泽山和他志存高远的妻子章氏都信奉：天地不言仁，不争仁，滋养着万物，不求万物回报；圣人不言仁，不争仁，为百姓做事，不求百姓回报。面对一个千疮百孔的国家，一个弱运的民族，尽力做一点能做的事，既为社稷大众，也为自己良心上的安宁。孩子们长大后不管做什么，都必须做有用的人。

他们把孩子送进了已经开设科学课目的绍兴中小学。是的，"德""赛"两位先生可以救治中国在政治上、道德上、学术上、思想上的痼疾，给黑暗的中国带来光明。

革命要做什么？革命就是要开启民智，壮我中华。冯泽山和章氏把自己的孩子送进新校门的同时，已经在琢磨如何为新学出力。所谓新学，就是要用世上最先进的思想和学说来塑造学子，培育新一代青年，从而建立公平社会，创造一个崭新的国家。

1919 年，经亨颐辞去了浙江省教育会长一职，以育虞地英才之名，动员上虞富商陈春澜出资创办春晖中学，继承五四精神，主张"反对旧势力，建立新学风"，提倡人格教育。

春晖聘请了夏丏尊、朱自清、丰子恺等国内知名人士为教师，蔡元培、何香凝、黄炎培等到校讲学，张闻天、刘大白、叶圣陶等亦到校考察指导，白马湖畔一时名流云集，"北南开，南春晖"声誉鹊起。以春晖为辐射点，周边地域创办起农民夜校，以提高附近各小学师资水平。冯家台门的章氏又临时做起了农民夜校教员，除了诗词歌赋绘画书法，反帝反封建、扶助农工救助弱幼、革除腐朽陋习，她也是要讲的。前来听课的，都是追求进步的，不仅没人出卖她，倒是有不少与她成了朋友。

真正发出呐喊，唤醒别人的人，是精神世界丰盈、追求完美和平等的一群人。他们凭自己的良知，向沉睡者、愚昧者发出声音，向社会呐喊，像杜鹃啼血那样，直至归去。我的曾祖母章氏，就是这样的人。

1919 年的农历新年一过，章氏 18 岁的三子冯文治提出要去外面世界看看，绍兴对他来说已经太小。章氏知道儿子有鸿鹄之志，应当放飞。冯泽山却不无担忧："老三想去上海，我赞同，但必须念工科，不要跟人家去搞什么运动，更不要上街去喊口号，要好好做学问！"

几个孩子晓得，爹爹是看透了官场黑暗，平日里只写写字做点不痛不痒的文章，曾经有过的豪迈，已被日积月累的消沉湮没。而母亲，骨子里透出倔强，做事交关（吴语，非常的意思）爽气。老三冯文治更是把母亲视为主心骨，只有母亲的话，才是金科玉律。母亲对他说："很多人讲侬姆妈劳心劳肺，包括你们的爹爹。他们觉得国家这么大，跟一个小老百姓有啥关系？那好，国家乱七八糟，老百姓还有好日脚伐？人人都可以像蚂蚁，被活活揿煞。只有国家强大，政府英明，老百姓才有好日脚过。我儿要好好学会本领，为国家做点事体！"

冯文治当然听母亲的，他让母亲放心，自己会用心读书。

母亲又告诉他："大上海不比乡下，有的是进步人士，侬要向他们好好学习，做人志气最重要。侬爹爹算是个有志之人，但现在有点麻木，讲啥都无用了。"

冯文治一一应承着。

"上海离家远，很多事鞭长莫及，一切要靠侬自己！"

"晓得，姆妈放心，我吃得起苦的！"

章氏发现，儿子已然成人，按乡下风俗，是娶老婆的时候了，但他执意要去上海深造，这是对的。她给了儿子几位亲朋好友的地址，其中有位金先生，说是孙中山先生的医生。还有一位她章家的堂弟，大名章锡琛，毕业于绍兴山会师范学堂，1912年进入出版界，供职上海商务印书馆，担任《东方杂志》编辑。

离开家乡赴沪求学的那天，兄弟中最小的老六没来送他。其实老六与老三最亲，他知道老三要远行，却早早躲进了私塾。老六因为从小体质差，家里没有让他和几个哥哥一起到绍兴上学。眼看着哥哥们去绍兴去上海，他只有羡慕眼热的份。

此时，老三不由在心里发誓，等他在外面立稳脚跟，一定接六弟过去。

老六没送老三上船，但他在私塾大声的诵读声传到了河浜："大禹治水，三过家门而不入……"

到了上海的冯文治，给母亲章氏的信中讲：见到了娘舅，拜见了金先生。金先生想我跟他学医……

不为良相即为良医，儿子能做医生也不错呢！不过，章氏没有为儿子做决定，而是让他自己选择。

又一年秋风起，春晖中学雏形初具，计划下一年的招生开校事宜。白马湖上，一众仁人志士吟诗作画，雅集酬唱，以诗言志，以画喻节，拒与浊流合污。此时的章氏，和身边的朋友们一样，对这个千疮百孔的国家除了伤感，那就是比以往任何时候都强烈地期盼推翻旧制度、建立一个崭新的中国。

1920年8月，中国共产党早期组织在上海成立，绍兴的章氏知晓了这一消息，当她和朋友们谈论共产党时，心情是激动的。啥时去上海看看，共产党员什么样。我的曾祖母章氏，把这个心愿列入了人生重大的计划。

对于冯泽山和章氏，我的姑妈冯连方每每讲起，总遗憾他们生不逢时。

她说："我的祖父思想开明，倾向革命，母亲曾告诉我，我祖父很有远见，在杭州湾那边购置了200亩地，说将来肯定要建大港，建东方大港。

"我祖母章氏嫁到冯家时，嫁妆除了珍贵字画，还带了建楼的资金。关于建楼还有个故事，说我的大爹（伯父）冯文雄在当地小学任校长时，经常很晚回家，有时走着走着居然一直在绕圈，怎么也走不到家，后来我祖母就到她的小楼顶上，高声喊儿子的名字，喊他回家吃饭。从此，我大爹再也没有碰到'鬼打墙'的事。可见，那栋陪嫁的小楼是有的，至于建在冯家大院内还是大院外，没人告诉过我。

"章氏的才华，家里无人能及，她画的牡丹特别好看，还跟何香凝她们一起画画作诗。我祖父和祖母，都蛮重视孩子的教育，所以我爹样样都会，字也写得漂亮。你们都说我的字写得好，但是跟我爹写的就没法比了。"

我父辈口中的冯泽山和章氏，带着一种厚重历史的神秘感，我只能雾里看花，无法近距离触摸，只能仰视。毕竟，我父辈他们也没有见到过他们的祖父祖母，即使见过，也只是在他们的婴儿期，还没记忆。

对绍兴，对名士，伟人毛泽东有诗曰（于1961年《七绝·纪念鲁迅八十寿辰》）：

鉴湖越台名士乡，忧忡为国痛断肠。

剑南歌接秋风吟，一例氤氲入诗囊。

沪上风雨洗礼塑魂

冯家老三冯文治，我的祖父，开始融入大上海。在校读了几年数学物理后，他有了办工厂做实业的念头。"振兴工商，实业救国"，这是有志之士的境界。但对当时一个青年学生，心怀这样的理想，无疑是蛇吞大象般的空想。思来想去，他决定先赚一笔钱。

1924 年的上海，证券市场交易似在复苏，各交易所开始招揽人马。冯文治抱着试探的心情，前往应考，哪想还真考了个好职位，假如运气实在不错，一夜致富也不是没有可能。他兴冲冲来到金先生家，告知这个好消息。

金先生沉默许久，向这位学生袒露了自己的担忧，没错，交易所曾是沪上暴利异常的行业，那丰厚的佣金收入，令无数人想入非非，但 1921 年爆发了历史上著名的"信交风潮"事件，抛盘犹如冰山崩溃，一泻千里，引发了信托公司和交易所倒闭大风暴，上吊服毒蹈海的自杀者不计其数。上海百余家交易所瞬间灰飞烟灭，仅剩寥寥六家。由孙中山先生动议创建，于 1920 年 7 月正式开业的上海华商证券交易所，也损失惨重。这是变相的赌博行为，章氏会赞成自己的儿子把大好时光抛掷于此？

听金先生如此分析，冯文治频频点头，但他的抱负应该怎样去实现？金先生当然了解自己的学生。他正式公布了已经不是秘密的秘密：国民党第一次全国代表大会于 1924 年 1 月 20 日—30 日在广州召开，孙中山以总理身份担任国民党主席，大会得到苏俄共产国际的支持，国共实现了第一次合作。孙中山先生说，此次国民党改组有两件事，第一件是改组国民党，第二件是用政党的力量去改造国家。孙中山提出"联俄、联共、扶助农工"三大政策，接受共产党员、社会主义青年团员以个人身份加入国民党。大会通过了有中国共产党人参加起草的《中国国民党第一次全国代表大会宣言》。此宣言接受了中共提出的反帝反封建的口号，规定了民主革命以打倒帝国主义、打倒军阀为目标。

金先生并未马上决定让冯文治加入政党，但他显然倾向自己的这个学生加入共产党。而此刻，年轻单纯的冯文治没想那么多，他只听先生的。他早已视金先生为自己的人生导师。他知道，金先生是辛亥革命先驱者之一。

记得刚到上海时，他两眼迷蒙双脚空浮，要不是金先生，面对那么多门类大学的他，只会晕头转向不知所措。是金先生一锤定音，指点他进了以理工见长的一所私立大学。他的用功，金先生自是看在眼里。而让金先生更为器重的是，他正直善良，且与母亲一样，有着强烈的报国志向。在黄埔军校招考学员时，他曾向金先生提出报考的意愿。金先生要他想清楚，到底是做军人打列强还是办实业救国。

他说，消灭了列强再做实业，但又觉得事情并非如此简单。说完了他和金先生都大笑，笑自己年少轻狂，建功立业的迫切心情见风就长。

金先生要他静下心来先协助他做些慈善医疗。当时，上海暴发的流行性传染病至少有 12 种之多，天花、鼠疫、霍乱、伤寒、痢疾，这些烈性传染病频繁出现。民国前 20 年间，上海至少出现过六次较大的霍乱疫情。面对传染病的暴发，上海民间慈善力量开办了多家"时疫医院"，相当于私立传染病医院，主要由民间力量组织筹办，专门在疫情发生时开展应急收治。时疫医院的周期性开放，在防治传染病、应对疫情的过程中起着重要的作用。上海民间最早建立的"中国红十字会时疫医院"经费主要由社会募集，每当资金不足时，会登报募款。数十年中，这家医院救治病人数以万计，得到各界交口称赞，"诚上海第一善举也"。金先生想让学生从这里开始，脚踏实地进入救民于水火的行列。

金先生的书房挂着北宋大家张载的名言："为天地立心，为生民立命，为往圣继绝学，为万世开太平。"冯文治仿王氏行书，抄写了一遍又一遍，挑出满意的，放在了案头。

天气渐入酷热，上海的霍乱患者多于凌晨 3 时发作，时疫让医院一下又紧张起来。冯文治和他的同学在金先生的指导下，除了帮助医院收治病人，还上街宣传健康卫生的生活方式。发放杀菌剂、消毒粉、听诊器这些事情，让冯文治的理想不再那么飘忽，满腔救国热忱得以落到实处。

金先生的神秘背景，使他不可能抛头露面去街头巷尾做这些事，而学生们都会争先恐后立马执行。金先生那石库门的家，是他们的安全港湾。每次去金先生那里，冯文治都会多绕几个圈，在确定周边没有可疑的"动物"后，才推开大门。大门常常虚掩，但门上挂了风铃，风铃一响，就会有老阿姨出来迎接。假如大门紧闭锁死，那就有状况了。好在这样的状况冯文治几乎从未遇到。

这天上午，冯文治来到一条里弄。像往常那样，进去前先看看身后有没有"尾巴"。这里是社会主义青年团的一个临时办公点，他曾经来这里取过《先驱》半月刊，带回学校悄悄地分发给要好的同学。

《先驱》从创刊号至第三期，由北京地方团组织编辑出版，刘仁静和邓中夏任主编。从第四期起组织迁到上海，改由青年团临时中央局编辑出版，施存统任主编。中国社会主义青年团第一次全国代表大会举办以后，从第八期起转归团中央执行委员会编辑出版，陈独秀、蔡和森、李达、邓中夏、施存统等人常在此刊发表文章。该刊由于努力传播和普及马克思列宁主义理论，成为中国共产党的宣传阵地之一。1923 年 8 月 15 日，《先驱》停刊。

该刊发刊词如是表述："本刊的任务是努力唤醒国民的自觉，打破因袭、奴性、偷惰和依赖的习惯而代之以反抗的创造的精神"，"既有了这种精神，我们若不知道中国客观的实际情形，还是无用的……所以本刊的第一任务是努力研究中国的客观的实际情形，而求得一最合宜的实际的解决中国问题的方案"，"还要介绍各国社会主义运动的成绩和失败之点，以供我们运动的参考"。冯文治后来把这些都说与妻子，让自己的爱人可以和他有同样的信念、相同的见地。唯有这样，才可达到夫唱妇随的境界。

既然《先驱》已停刊，此次冯文治显然不是来取刊物。

自 1924 年 4 月以来，上海大学举办了平民义务夜校，中共党员邓中夏、瞿秋白、恽代英等在沪西纱厂地区开办补习学校，不久又在小沙渡成立沪西工人俱乐部，在杨树浦成立工人进德会。无论是平民夜校，还是补习学校，抑或是工人俱乐部，都要宣传共产主义思想。有人来找冯文治，希望他去当教员。这时的他还没有加入中国共产党。如果加入了共产党，他能做什么？金先生曾经说过，以他的身份，适合爱国统一战线工作，不管怎样，眼下的他，还不是一个纯粹的无产阶级革命者，还需经受组织的考验。

在金先生建议下，他赶来这里，想听取他所仰慕人士的一些意见。他期盼能推开一扇合适的门，门内能迎纳一颗拳拳报国之心。有熟人认出他，招呼他一旁坐下等候……在这之前的

3月10日，位于闸北的祥经丝厂失火，因宿舍门窗被资方钉死，致使百余名女工来不及逃生而被烧死。此空前惨剧震惊各界。中国共产党加强了对虹口区女工运动的领导，6月14日，云成、物华丝厂工人为要求增加福利、缩短工时举行罢工，16日罢工扩大到14家丝厂，1.4万多人。但罢工遭破坏，致使改变女工生活现状与工资待遇的希望落空。青年共产党人及青年团领导，决定直接参与领导罢工斗争。他们又开始制作宣传物，传单、小册页、小旗，不一而足。冯文治写得一手好毛笔字，加上会画简单的图案，每当需要他发挥一下特长时，他自是当仁不让。

这天他特意穿了长衫，长衫里面有暗兜，可以放很多传单，还有糨糊等用品。事先他好像料到会有这样的任务，脚上还穿了绍兴老家做的土布鞋，这样便于在行走时，趁无人注意，快速贴出传单，跑步的时候也可健步如飞。别小看了老家的土布鞋，它的千层底，叠了各色土布，上浆后，再用上蜡的苎麻线密密缝入，除了耐腐蚀、有弹性，还很轻柔。鞋底上还有风火轮标识，这是母亲让人按她的图样缝的。每当出现急情必须快跑时，他便在意念中把风火轮的快发挥到淋漓尽致。要知道，中共创始人之一的陈独秀曾经在五四运动中，因亲自散发传单，被警察拘捕，在警察总署的监牢一关便是98天，始终未公开审讯。关于这98天的牢狱囚禁，陈独秀自己说，第一次体验了"人生最高尚优美的生活"。对此，金先生一再交代，所谓体验"人生最高尚优美的生活"，那是革命的浪漫主义表达，年轻人一定要懂得保护自己，这是积攒革命力量的前提。

就这样，冯文治跑遍了上海的大街小巷，在求学的同时，有了接触最底层的革命实践，所幸的是，他没被"狗子"盯上。

在女工运动爆发前后，共产党人通过刊物宣传、开办夜校等等，提高女工参与斗争的主动性，保证丝厂女工运动的有效开展。冯文治在参与这些运动的过程中，感受到了中国共产党人的信心与力量，锻炼了自己的意志。他后来告诉妻子，在十里洋场的大上海，他曾脚穿绍兴蒲鞋（一种水草做的鞋）、头戴绍兴毡帽，到各处去传递共产主义真理。

在我父亲的印象中，我的祖父冯文治会像魔术师那样，紧急关头把自己打扮得又老又土，用金蝉脱壳法甩脱危险。

开阔冯文治更大视野的，还有他的堂舅章锡琛（我要叫太舅公）。他主编的《妇女杂志》，一改之前妇女刊物保守的风格，先后出了"妇女运动号""家庭革新号""职业问题号"等专号版，犹如一个个重磅炸弹，引起全社会的震动。其中有的专号版应读者要求，进行了再版、三版，一时洛阳纸贵。在堂舅忙得不亦乐乎时，冯文治既是读者也是传播者，当倡导妇女解放的《妇女杂志》在女工运动中起到春风化雨的作用时，他跟堂舅也学到了许多。

黑暗之中看到灯塔

百姓之苦，苦于战争。在军阀割据混战的年头，为了巩固扩张自己的势力，每个北洋军阀都拥有一支庞大的军队。他们为了争夺富饶的江南，时不时挑起争端。1924 年 9 月 3 日上午 10 时，江浙战争在江苏宜兴打响，同日上午 11 时，江浙双方又在沪宁铁路方向交战。战事延续到 10 月 15 日，以苏胜浙败而告终，历时 40 天，给江浙两省人民造成巨大的灾难。其间，战区内不是商店被抢劫一空，就是房屋被毁，百姓扶老携幼颠沛流离，无家可归，深受战乱之苦。可恶的是，这年的 12 月 24 日，第二次江浙军阀战争爆发，致使近 50 万江浙难民涌入上海。

法租界金先生家中，住满了逃难的亲戚。娘舅章锡琛那里，也是求助的人不断。正直乐助、生性慷慨的章锡琛，除了给工作人员正常开伙食，但凡从沦陷区逃难到租界的难民朋友，他也统统招待，一时间，他的家人满为患，而大上海则成了超级难民营。冯文治和同学们已经难以在课堂安坐。他们走出校门，募捐的募捐，分粥的分粥，治伤的治伤，给予难民竭尽所能的帮助。那段时间，进步青年在党组织的安排下，不分昼夜地忙碌着，同时，他们胸中对民族对国家的忧虑更为强烈，有人慨叹："在这一幕大凶剧之中，江浙人民所受奸淫掳掠妻离子散家败人亡的痛苦，岂是十年廿载所能恢复？"

灾难深重的中国啊，什么时候人民可以当家作主，可以脱离苦海？！

学生们个个眼圈黑紫、形容疲惫，金先生也黯然神伤，但他很快精神振作地告诉大家，自 11 月 17 日孙中山先生于广州发动北伐后，在国共合作的有利形势下，两党正在发动各界的有力支持力量，这也是全国人民的民心所向。我们要相信，北伐战士会以勇猛和坚强，用生命和鲜血打出一个没有军阀的中国。

听金先生这么一讲，有同学就提出要去考黄埔军校，冯文治也再次有了投笔从戎消灭军阀的愿望。这次，老师金先生并未再说什么，而是看着自己的学生，陷入了沉思。

有个与冯文治年龄相仿的青年，就读于交通大学，也来到了金先生这里。他告诉冯文治，他叫酆坚，是南通人。他同样希望能进到黄埔军校，进入革命队伍。"又闻理与乱，在人不在天。我愿为此事，君前剖心肝。叩头出鲜血，滂沱污紫宸。"他以李商隐的《行次西郊作一百韵》明志。

"好，酆兄，我们一起！"冯文治的青春血液再次沸腾。

"志士仁人，无求生以害仁，有杀身以成仁！"

"从今天起就是战友，要强国，必先自强。"自此，两人以弟兄相称。冯文治未曾料到的是，十多年后他们真的成了并肩作战的亲密战友，而且，冯国屏这个名字既是酆坚的化名，也曾是他六弟冯文瑞用过的别名，酆坚到德清后，外人以为他就是冯家几个弟兄之一。

要强国，必自强。从此，冯文治又有了一项任务，那就是健身练武强壮体能，并把学到的知识运用到收发电报和修理发报机上面。金先生又把自己的牙科医术毫无保留地教于他，还让他去照相馆学会了快速冲洗胶片……"凭着俺十八般武艺，定下了六十四处征尘。"冯文治把这句元曲当作了顺口溜，时不时地哼一下。

他意识到，老师金先生在有意培养他的自我保护能力。他无法预料的是，他最终将进入隐蔽战线，进行艰苦卓绝的斗争，直至献身。

1925 年 1 月 11 日至 22 日，中共第四次全国代表大会在上海举行，总结国共合作一年来的经验，制订了开展群众运动的计划，为大革命高潮的到来做了政治上、思想上和组织上的准备。1 月 26 日，中国社会主义青年团第三次全国代表大会在上海召开，大会决定，团名改为中国共产主义青年团。提出青年团的无产阶级化、群众化、青年化，为动员广大团员积极投身第一次大革命斗争，做了政治上和组织上的准备。此后，全国的革命形势迅速发展，工人运动风起云涌，农民运动轰轰烈烈。

既不是工人也不是农民的冯文治，曾经对自己的身份认同感到迷茫。金先生告诉他，在中国革命的领导群体中，背叛"富贵家庭"的，占了很大比例，可以说数不胜数。有的自己本身就有着很高社会地位，甚至大富大贵，但为了穷人得解放，为了民族得解放，他们却可以舍生忘死，可以赴汤蹈火。他们就像灿烂的群星，在黑暗中发出希望的光芒。周恩来 1924 年还在欧洲留学，但组织一声召唤，他就回来担任了黄埔军校政治部主任。

说到周恩来，金先生的口气中满是赞许和尊重。冯文治感觉，他们之间有着非同一般的友谊，或者，他们就是同一个战壕的。

金先生还笑着讲起，陈独秀最初并没有那么多思想，也没有那么多主张。他只是单纯地替贫穷的人民打抱不平。他那时写文章，还引用了《水浒传》中一首诗："赤日炎炎似火烧，田中禾稻半枯焦。农夫心中如刀割，公子王孙把扇摇。"他借诗反映农民的痛苦，揭露社会的不公。于是，他主张改革社会，实现民主，而要实行民主，便要提倡科学。

"革命者，往往从最朴实的情感出发，逐而升华到为民请命、舍身求法的境界。"

老师的启示，令冯文治在政治思想上日趋成熟，有了一种从小学一级一级往上升的感觉，这种日益增长的觉悟，使他在后来遇到困难和痛苦时，有了纠错补缺的修复能力。

1925 年 3 月 12 日，一个不幸的日子——伟大的民主革命先行者孙中山在北京逝世。消息传到上海，冯文治扔下手中当午餐的青团子菜馒馒，就赶往金先生家。金先生不在，家人让他在书房等。金先生的书房一尘不染，冯文治一动不动地坐着，想着孙中山先生提出的"三民主义"，国民代表大会通过的宣言，联俄、联共、扶助农工，到底能不能实现，心中一片茫然。

入夜，没有等到金先生回家的冯文治，踟蹰在黄浦江畔，不无伤感。

一个月后，上海10万人聚集，举行追悼大会。"必须唤起民众，及联合世界上以平等待我之民族，共同奋斗。"孙中山的遗嘱主张，在空中回荡。金先生带着他的学生，缟衣素袂持松夹梅，向孙中山先生致以哀礼。

进入5月的江南，正是桃红柳绿的春浓时节，上海却发生了更大惨案。工人代表、共产党员顾正红被上海内外棉七厂的日本资本家枪杀，同时10多名工人被打伤。暴行激起上海工人、学生和广大民众极大的愤怒。28日，中共中央召开紧急会议，决定以反对帝国主义屠杀中国工人为中心口号，发动群众在上海租界举行反帝游行示威。

30日上午，南洋大学、复旦大学等学生陆续来到租界，人数达2000多。他们散发传单，发表演说，高呼"打倒帝国主义""废除不平等条约""为死难同胞报仇"。租界的繁华马路上，工人和学生示威人数在剧增，各界人士加入宣传演讲和示威游行的队伍中。租界的英国巡捕，在南京路上先后逮捕了100多人，并突然向密集的游行群众开枪射击，当场打死13人，伤数十人，制造了震惊全国的"五卅惨案"。惨案发生时，南洋大学附中年仅16岁的归侨学生陈虞钦，肠穿七孔，手持的旗帜被鲜血浸透，旗帜上写着"中国独立万岁"。

在游行示威队伍中，目睹惨状的冯文治和同学，整天忙碌着，一到晚上，又紧接着油印传单贴出传单。几天几夜地连轴转，衣服里都有了虱子和跳蚤，但是，一想到死难的同胞，那愤怒和痛苦，压倒了其他所有的不适，他甚至都忘了饥渴。他换下了碍手绊脚的长衫，换上学生装。学生装的上衣口袋依然插着钢笔，腰上绑了袋子，盛放宣传品；贴胸口的内袋放了给母亲的信。万一遭遇不测，希望母亲为儿子骄傲。他一身显眼的学生标志，随时可能招来枪弹。但准备把自己的命豁出去的，已不止他一人，他们相互做了交代，前面的人倒下，后面的跟上，中国不乏铁血男儿。

帝国主义的屠杀，点燃了中国人民郁积已久的仇恨怒火。从6月1日起，上海全市开始了声势浩大的反对帝国主义的总罢工、总罢课、总罢市。激愤的章锡琛，以"文学研究会""妇女研究会"代表的名义，参加了"上海学术团体对外联合会"，站在反帝斗争前列，毫无畏惧地以一身民族气节，高举爱国旗帜，声援爱国群众运动。他被誉为"具有民族气节的爱国出版家"。

金先生召集他的学生，以平时很少表露的愤恨对学生说："一个积弱积贫的国家，民如蝼蚁，国力空虚，谁都可以欺负你，可以在你的土地上戕杀你的同胞。'五卅惨案'发生后，北洋政府提出抗议照会有用吗？那帝国主义早与封建军阀相互勾结，相互利用，这些军阀的枪口只会对准中国人自己。还有，国民党上海执行部发表的宣言，有用吗？行动，只有行动，唤起民众觉醒……"他看到了学生脸上和手上的伤痕，那因睡眠不足深深凹陷的眼眶。只几天时间，每个人都瘦了一圈。他的视线模糊了，转身离去。没多久，他回来说，已让阿姨给大家做顿好吃的，至少要有绍兴梅干菜烧肉，吃了再讲。

那个决定做志士的郖坚来了。金先生指着他和冯文治说："你们喜欢物理，将来就为国家制造重器吧！中国人民一定要有自己强大的武装，否则，拿什么抵御外侮？"

"是的，我们中国太落后了，必须掌握科学，才能让自己强大！"

无论是冯文治，还是郖坚，他们一说起自己国家的贫穷和落后，就连连叹息，向先生表明建功立业的心志。

饭后，金先生带着冯文治、郖坚和其他几位学生，又出门而去。

从6月1日到10日，又有数十名群众被打死打伤。面对帝国主义的武力镇压，上海人民没有退缩，相继有20多万工人罢工，5万多学生罢课，公共租界的商人全体罢市，连租界雇用的中国巡捕也响应号召宣布罢岗。随后，五卅反帝爱国运动，很快以燎原之势席卷全国，各地约有1700万人直接参加了运动。全国各地到处响起"打倒帝国主义"的怒吼声，形成了反帝狂飙。

6月19日，为了支援上海人民，广州和香港爆发了省港大罢工。23日这天，广州各界群众声援上海人民和香港工人，进行反帝大游行，时任黄埔军校政治部主任的周恩来，在4人一排的游行队伍中，走在最前列。他情绪激昂，沿途高呼口号。

不料，当游行队伍经过沙面租界河对岸的沙基时，沙面的英军突然向游行队伍开枪，周恩来幸免于难。金先生听闻此消息后，沉默了许久。

"以流血牺牲，唤起民众觉醒。当年的谭嗣同，后来的鉴湖女侠，现今这些勇敢的革命人，他们明明可以逃走，却舍生赴死。这次五卅运动，有多少人朝着枪口，走在了队伍前列。"金先生看着冯文治写下的几位已经公开的共产党人姓名，点了点头，"选择加入哪个党派，主要看人心所向！"

五卅运动为全国的北伐战争打下了群众基础，将国民革命推向高潮。1925 年 7 月 9 日，中国国民革命军誓师北伐。为推翻北洋军阀统治，国共合作进行的北伐战争正式开启。冯文治和同学们的情绪更加高涨，他们暗中唱起《国际歌》，"英特纳雄耐尔一定要实现"的理想，令每一个进步青年激情澎湃，斗志昂扬。

当人民对当局已深感失望甚至绝望时，必定向往那希望所在，选择为世界进步、为人类造福、为中华民族谋复兴的信仰。

"英特纳雄耐尔一定要实现"的理想，犹如那茫茫大海中的灯塔，成了至暗时刻的希望。

一个有志青年，对宏大的理想，不论行是否能至心必向往之，他甚至为自己找到了伟大的信仰而欢欣鼓舞，哪怕会面临生命的考验。这个青年，就是我的祖父。

第二章

一

坚定信念，为之奋斗终身

上海，为什么是上海，中国共产党为什么在这里诞生？

2021 年 5 月，我来到上海，首先去了渔阳里，进入马克思主义小道。

老渔阳里是当年上海法租界一条石库门弄堂，陈独秀就居住在老渔阳里 2 号，这里也是《新青年》编辑部。这年 41 岁的陈独秀，吸引了一批富有理想的年轻人，李汉俊、陈望道、邵力子、张东荪等一批文化人物纷至沓来，对社会主义和马克思主义兴趣渐浓。

回上海不到一年的陈独秀，在这里与共产国际代表商讨建立中国共产党早期组织，发起声势浩大的五一劳动节集会，组织翻译出版了《共产党宣言》中文全译本，起草了党的纲领。1920 年 8 月，以上海马克思主义研究会的骨干为主要成员，组建了上海共产党早期组织，取名为"中国共产党"，陈独秀为书记。这里，成了各地共产主义者进行建党活动的联络中心，也是中国共产党孕育初心的"秘密摇篮"。

老渔阳里还有一个出口在淮海路上，从这个弄口出来是新渔阳里 6 号。1920 年 8 月 22 日，在中国共产党领导下，这里成立了中国第一个社会主义青年团——上海社会主义青年团。为

了掩护和团结进步青年，同年 9 月，此地开设"外国语学社"，
同时在《民国日报》上公开刊登招生广告。

渔阳里也被叫作"共产主义小道"。走进新渔阳里 6 号，石
库门边挂着"外国语学社"的牌子，那苍劲的繁体方块字，显
得格外凝重和深沉。

不由联想，我祖父的日语是否也是在这里学的？于是，查
看了当时的日文教师，竟然是大名鼎鼎的李达（在"一大"被
选进三人组成的中央局，进入核心领导层，担任宣传主任）。我
即刻转换思路，顺着展厅解说移步，拍下了一张又一张图片……
渔阳里 1 号到 5 号的石库门，都已改造成参观展厅，还可以拍
摄，而我却有点走马观花，沉不下心来。这个地方带给我的感受，
不是一天两天可以参透的……接着几天，我又去了上海市历史
博物馆（上海革命历史博物馆）、上海市档案馆、上海图书馆。

2021 年 6 月 3 日，中共一大会址纪念馆经装修后重新开馆。
会址原址是两栋砖木结构的两层石库门楼房。1921 年 7 月 23 日，
中国共产党第一次全国代表大会，就在楼下一间 18 平方米的客
厅内召开。来自各地的共产主义小组代表毛泽东、何叔衡、董
必武、陈潭秋、王尽美、邓恩铭、李达、李汉俊、张国焘、刘
仁静、陈公博、周佛海，以及陈独秀指派的代表包惠僧共 13 人，
代表全国 50 多名党员出席了大会，共产国际的 2 名代表也参加
了大会（荷兰人马林和俄国人尼克尔斯基）。大会通过了党纲和
决议，选举了由陈独秀、李达、张国焘 3 人组成的中央局，宣

告了中国共产党的成立。

在纪念馆"主义的抉择"大型立体式视觉置景中，100件五四运动前后传播马克思主义、社会主义的报纸杂志，错落陈列在玻璃墙上。其中，《新青年》第6卷第5号"马克思研究专号"在前端"高光"展示，这期"专号"标志着马克思主义在中国的传播进入了较为系统的阶段。

三折 LED 屏幕前，《共产党宣言》的 72 种版本全部展出，三组互为呼应的故事场景分别讲述了翻译宣言、出版宣言、守护宣言三个篇章。

其中暗含着一条"隐线"，即中国共产党在上海诞生的历史逻辑。20 世纪 20 年代的上海，具备了共产党诞生的多个有利条件：不断壮大的工人阶级、国内出版事业的主要中心、中外势力多头统治形成的政治缝隙和便捷的交通与通信系统等。

当时的上海，作为国内出版业的中心，在传播先进思想中起到了重大作用。中国共产党在这里登上历史舞台，完全符合历史发展逻辑。

于是，我不能不记起曾在上海出版界掀起大风浪的一位祖先，在记录祖辈的革命史中，是无法绕开他的，他不仅仅是我的堂太舅公，更是铸就我祖父高贵灵魂、优秀品质的导师之一，更是为革命添砖加瓦贡献巨大的开明书店创办人。我得寻找他，寻找他的足迹。

章锡琛的言传身教

上海宝山路宝山里 60 号，章锡琛住宅。1926 年 8 月，开明书店在这里诞生。这是在《新女性》杂志的基础上，在胡愈之、夏丏尊、丰子恺、郑振铎、周建人等朋友的帮助下，得以开张的出版机构，规模仅次于商务印书馆、中华书局、世界书局和大东书局。而这之前创办的《新女性》杂志，也是得益于朋友们的支持，发行点在闸北宝山路三德里吴觉农住所。胡愈之等早已加入共产党，他们对章锡琛寄予极大的厚望。

章锡琛主编的《新女性》不负众望，鲁迅、叶圣陶、巴金、茅盾、周作人、陈学昭、曹聚仁、夏衍、赵景深、孙伏园、孙福熙等都为之撰稿，可谓一纸风行。

何谓新女性？通俗来讲，是指五四以后，从封建家庭走出来，接受新式教育，有学识、有才能、有志向，独立择业，具备独立人格的新式女性。在《新青年》《新潮》等杂志创办短短四五年间，民智大开，新的思想在全国蔓延。

陈独秀、李大钊、胡适、陶孟和、周作人、鲁迅、吴虞、陈望道、顾颉刚等知识分子，开始向传统的家庭制度和压迫妇女的思想"开炮"，从各个方面清算压迫妇女的旧观念旧习俗，提出要给妇女与男子平等的权利，女子要具有独立的人格。

李大钊的呼吁更具体：妇女享有参政议政权，妇女的人身自由不容侵犯，男女同工同酬，妇女婚姻自主……革命者的声音，通过纸墨发出，常常起到振聋发聩的作用。

我祖父冯文治叫章锡琛娘舅，这个娘舅只比甥男大十来岁，却是实实在在的人生导师，他的言传身教，给冯文治树立了最直接的榜样。

说到男女平等，章锡琛很为自己的堂姐抱不平，这么了不起的女性，嫁到夫家，连名字都没有了。屋里头大大小小叫伊章氏，村坊上男男女女都叫伊章氏。为啥没有人叫伊名字？伊也有父母起的名字呀！男女平等这事，要从自家屋里头先开始！

说起封建思想，冯家台门里头也是沉重得一言难尽，冯文治知道母亲因此吃了不少苦头，但他不敢跟娘舅多说，只怕娘舅为母亲叹息。

他到娘舅这里，看到他那硬邦邦的板刷头，听着他原汁原味的绍兴话，心里就踏实。娘舅字雪村，很多人称他雪村兄。他的前额有点突出，江浙人讲"额角头冲出"，是聪慧的象征。他深度近视，戴一副似玻璃瓶底厚的眼镜；他瘦瘦的个子，经常穿棉布长衫；他抽烟厉害，一夜下来烟蒂积满烟灰缸；他喝酒海量，一顿可喝5斤绍兴老酒；他嗓门大，爱与朋友聊天，因着深厚的旧学功底和与时俱进的新思想，他的宏论常常滔滔不绝，说到慷慨激昂处便离席，在屋里来回踱步；他右手持烟，左手撩起长袍的开襟，哈哈大笑声中，忘了此时正在和大家吃饭……但他又是一个自视卑微、什么苦什么累都可以经受的普通工人。

章锡琛拼命工作的样子，冯文治看在眼里。娘舅的办公桌上长年累月堆着一叠又一叠稿子，他要一一审阅，经常是晚上时间来做，因白天要忙于接待众多来客，他们中有同行，有作者和读者，还有借稿费的……朋友如丰子恺、郁达夫、夏衍、茅盾、叶圣陶、周建人、顾颉刚等的来访，是他高兴的时光。到了夜晚，他就一支烟、一杯茶相伴，开始独自审稿到深更半夜，看稿时鼻尖几乎要碰到纸面。

次晨同事们上班，总能见到他的桌上烟蒂一缸，淡茶半杯。而规定要轮流打扫的办公室，早就被他一个人打扫得干干净净。

有这样的娘舅，就有这样的外甥。我父亲告诉我，我的祖父就是这样干活不要命，每日天还未亮，他已经起床在着手一天要处理的事务。夜半回家，他又开始不停地写、画，可谁都不知道他在写什么画什么。有时几天不回家，匆匆回家又被人叫走。我祖母为他准备的饭菜，他经常忙得只能急吼吼扒几口。所以，他总是那么瘦，一看就是营养跟不上消耗的人。

1926年的上海，商务印书馆总厂对面竖起了东方图书馆。这天，我祖父来到这里。

图书馆大楼坐西朝东，呈"工"字形，它以始建于1909年的涵芬楼为基础，在宝山路西首竖起一幢5层大楼的馆舍。馆内共计藏书33万余册，中外杂志900多种，中外报刊45种，地图约2000幅，各种照片10000余帧。涵芬楼原是商务馆编译所的图书资料室，以收藏古籍善本著称。我祖父听他娘舅章锡琛说起，以商务印书馆的名义收集的私家藏书中，有绍兴熔经铸史斋的全部藏书。这些私家藏书，有不少是稀世之宝，他早就想进去一睹为快。

祖父记得自己大约 10 岁时，章氏带他去了古越藏书楼（一旁就是大通学堂）。进到里面，宁静的空气里，除了院中植物的清香，就是书籍的味道。章氏一进去，就先给儿子找《古文观止》卷本，等儿子伏案启页，她就寻找自己要看的书。母子俩一坐就是半天，离开前还得约定下次来的时间。每次，章氏带着孩子到绍兴城，古越藏书楼便是他们要去坐上几个时辰的好地方。绍兴文化昌盛、人才辈出，与刻书业、售书业、藏书业的繁荣密不可分。唐长庆四年（824），越州刊印白居易、元稹诗集，在市肆出售，并作为乡学课读教本。南宋时，驻绍兴府之两浙东路茶盐司、转运使司、府学等，纷纷刻印官书，一时版刻业旺盛繁荣。明清之际，绍兴府官方刻书和私家刻书并举，为地方文化发展和保存地方文献，立下功绩。到了近代，绍兴出了两位徐姓藏书家，一位是古越藏书楼主人徐树兰，另一位便是他的弟弟、熔经铸史斋主人徐友兰。徐友兰的儿子徐维则在 1889 与蔡元培为同科举人，家中的"铸学斋""述史楼""熔经铸史斋"，藏书数万卷。蔡元培为徐维则做伴读时，借此机会，博览了"铸学斋""述史楼"藏书，学问大进。

徐树兰热心版刻业，所刊之书大多版本精良刻印精美。有些书籍一版再版，广为流传，其中《古文观止》一书，为乡村课读之需，一再刊刻，于今可见的传世刻本有 6 种之多。1900 年，这位赋闲在家的会稽乡绅，受西方文化的启迪和维新改良主义的影响，在家乡越郡古贡院购 1.6 亩地，耗银 32960 多两，兴建古越藏书楼，并主持编制《古越藏书楼书目》，为经、史、子、集、时务 5 部，编为 35 卷 6 册。他在《序言》中写道："人才之兴，必由学问；学问之益，端赖读书……探知五大洲万国盛衰强弱之由，罔不视文教之兴废以为准……"可谓为古越藏书楼殚精竭虑。但未等藏书楼完工，他便一病不起，在病危弥留之际，郑重出示《古越藏书楼章程》及呈文手稿，嘱咐长子徐元钊及次子徐尔谷等必须按《古越藏书楼章程》办好书楼，要求儿辈承诺：每年捐款一千银圆充作藏书楼日常经费。古越藏书楼于 1904 年正式向社会开放。绍兴城为之轰动，读书人奔走相告。蔡元培书写楹联："吾越多才由续学，斯楼不朽在藏书。"在管理上，古越藏书楼除继承天一阁等私家藏书楼传统外，吸取了国外的图书管理先进经验。这标志着中国私人藏书楼正在向公共图书馆迈进。藏书虽仅供阅览而不出借，但清幽舒适的环境，是读书的好去处，吸引了当地的读书人纷至沓来。历史学家范文澜的故居，与古越藏书楼仅隔一座小桥，在他到上海浦东中学堂之前，也曾是出入藏书楼的常客。

从藏书楼到图书馆，国人一步步探寻着走来。这里面有好多大名鼎鼎的人物，也有许多默默无闻的甲乙丙丁，共同驱行在一条无前人走过的路上，不为自己无忧的衣食，只为后人千秋万代的岁月静好。

面对东方图书馆几百个崭新的阅览座位，想到先人的贤举，冯文治不能自已。世界应该会好起来，但我们必须让其实现得快一点，再快一点。坐上阅览椅，他感觉到一种从未有过的舒适。在这样一个全新的大上海东方图书馆，让人感觉可以在书海里畅游了。

忽然，他发现一旁有青年学生正在偷偷看《共产党宣言》，掩护它的是一本大开本的外国杂志。这给人一种欲盖弥彰的感觉，冯文治差点要笑出声来。那同学机警地抬头四望，冯文治赶紧低下头去看自己手上的《新科学》。但《共产党宣言》中那句"共产主义运动将成为不可抗拒的历史潮流"，时不时地跳进脑中，牵引着他的思绪。

他早就读了《共产党宣言》，这得益于他的娘舅章锡琛，在他那里，什么样的书都能看到，包括各种"禁书"。娘舅没时间指导自己看这看那，他每天忙得脚不着地，想看书自己找便是，只要商务印书馆有的，就有他看的。

《共产党宣言》并非奇书，可它吸引了越来越多的年轻人。

人类社会在经历了无数的风云变幻后，对和平幸福美好的追求却始终不变。一个民族，一个国家，需要改变才有出路，在见证种种激荡思潮后，首次全面系统地阐述了科学社会主义理论的《共产党宣言》，无疑给青春昂扬的年轻人更多激情。此时的冯文治，我的祖父，在心里反复对自己说：加入中国共产党，为共产主义奋斗终身。

从图书馆出来，已是傍晚，冯文治没有像往常那样进面馆吃最便宜的阳春面，而是走进一家有小炒的饭馆，点了一条红烧鲫鱼，要了一小壶绍兴黄酒，独自斟酌起来。绍兴人爱喝黄酒，或高兴，或哀伤时都会喝，黄酒分享了他们的心情。

最叫人难以言喻的是，这琥珀色透明澄澈的液体，是温和的，但绍兴人喜欢叫它老酒，因它越陈越香，越久远越浓烈；它有着我们中国人身上特有的温良品质，这温良是一种潜在的力量，只有当需要时，才如火山喷岩般爆发……

来到上海，冯文治只有在娘舅那里可以随心所欲地海喝绍兴老酒。忽然独斟酒一壶，不因悲喜，而是为心中那个无法更改的决定。

吟诗斗酒，写词作对，这样的场景娘舅不忘邀年轻人入席。这往往也是接受新思想感受新风气的最佳场合。娘舅对自己的机构名称，做如是解读：“开明风，开明风，好处在稳重，所惜太从容，处常绰有余，应变有时穷。我们要互助，合作，加强阵容，敏捷，活泼，增进事功。开明风，开明风，我们要创造新的开明风。”对开明同人的作风，他还说，“是‘有所爱’，爱真理，爱一切公认为正当的道理。反过来是‘有所恨’，因为无恨则爱不坚，恨的是反真理。再则是‘有所为，有所不为’，合乎真理的才做，反乎真理的就不做”。

冯文治耳濡目染了娘舅的风格，"堂堂开明人，俯仰两无愧"，这样的刚直，让他想到母亲章氏，她尽管像小草那样卑微，但那博大的胸襟，与娘舅何等相似。可惜生为女儿身，否则，她可以像男人那样，去闯荡世界，去实现志向。

在章锡琛的朋友中，可见许多绍兴人的身影。纵观历史，康熙乾隆年间，出书售书作为一种产业，在绍兴府城乡兴盛发展。那时，仅府城古贡院、试弄、仓桥街一带，便有书坊10余家。维新变法后，有识之士力主开发民智，刊刻书籍，创办书店，光绪二十九年（1903），绍兴府城就有万卷书楼、墨润堂、会文堂、聚奎堂、奎照楼、永思堂及特别书店等出版和流通机构。抗日战争期间，中国共产党为宣传抗日救国主张，在绍兴城区及上虞、嵊县、新昌等县城乡，相继开办战旗书店、禹风书店、启明书店、韬奋书店分店、群众书店、新新书店等，销售反帝反封建的进步书籍。[①]

娘舅曾想培养冯文治进入他们的行列，但这个甥男只想着科技实业报国，还自制了牙医器材……不过，除了去金先生那里，他就是来娘舅这里了。娘舅这里绝不是一个普通的出版机构，而是思想的交锋之地，是先进观念推送塔，是真理发布平台，娘舅就是健康生活的倡导旗手……假如阅读是一场无声的反抗，那么书籍就是为反抗燃起力量、推动进步的车头驶向新世界的

———————————

① 参照绍兴市志，绍兴市人民政府网，http://www.sx.gov.cn/art/2005/4/13/art_1462821_17010970.html。

工具。进入新世界的他，那崇高的信仰必让他坚强，让他更加
坚定脚下的步伐。

开明书店作用深远

在朋友的帮助下，2021 年 4 月 3 日的一个下午，我来到了
东交民巷的外交部宿舍，见到了 90 多岁的吴甲选先生。吴老是
章锡琛的好朋友吴觉农的儿子，他给我的第一句话就是：开明书
店（在中国革命历史上）的作用怎么评价都不为过。

他说："我父亲和胡愈之、章锡琛，还有鲁迅的弟弟周建人
等人一起创办了开明书店。章锡琛被称为'五四'新文化运动
的一员猛将。在时代潮流的推动下，他继续倡导男女平等，并
为此做出了许多努力。作为开明书店的创办人，章锡琛带领一
支编辑队伍，以少量的资金使开明书店跻身民国时期六大书店
之一，形成了被出版界和文化界广为称道的'开明风'。'思不
出其位，朴实而无华'是叶圣陶对开明人行事风格的赞美，也
是章锡琛一生的真实写照。"

吴老称，其父亲吴觉农生前曾经撰文回忆："章锡琛一生主
要是经营开明书店，他既是编辑又是'老板'，苦心经营，贡献
是很大的。我敢说，没有章锡琛就绝不会有开明书店。开明书
店既出版了大量的有益书刊，又造就了我国出版界大批有用之
才。有的也从开明书店的发展中得到经济上的好处，林语堂所
得版税就为数不少，成为文化界的富翁。而章锡琛将一生精力

和积蓄奉献给了开明书店，其实，他的生活并不富裕，后来还处于相当困难的境地。名曰'老板'，实为事业贡献了一切。章锡琛的一生既为出版事业鞠躬尽瘁，对于中国的革命事业也是满腔热情，1927年'四一二'反革命政变后，章锡琛和我等许多朋友都是非常愤慨。四月十四日，由愈之执笔，郑振铎、冯次行、章锡琛、周予同、李石岑和我7人联名向国民党中央委员蔡元培、李石曾、吴稚晖写信提出抗议，在《商报》公开发表，最早公开揭露国民党反动派屠杀革命志士的罪行，在当时这确实是需要有勇气的。"

　　1927年，3月21日，上海工人举行第三次武装起义，80万工人遵照上海总工会总同盟罢工令全体罢工。下午1时，罢工工人按起义命令到指定地点集合，举行武装起义……4月12日，凌晨4时，上海高昌庙停泊的军舰上空升起了信号，早已准备好的全副武装青洪帮和特务数百人，身着蓝色短裤，臂缠白布黑"工"字袖标，从法租界乘多辆汽车分头出发，先后在闸北、南市、沪西、吴淞、虹口等区，袭击工人纠察队，双方发生激战。国民革命军第二十六军，以调解"工人内讧"为名，强行解除2700名工人纠察队全部武装。300多工人被打死打伤。在租界和华界内，外国军警搜捕共产党员和工人1000多人。4月13日上午，上海烟厂、电车厂、丝厂和市政、邮务、海员及各业工人举行罢工，参加的工人达20万人。群众冒雨游行，赴宝山路第二十六军第二师司令部请愿，要求释放被捕工人，交还纠察队枪械。游行队伍长达1公里，但行至宝山路三德里附近，埋伏在里弄内的第二师士兵突然奔出，向群众开枪扫射，当场打死100多人，伤者不计其数。

这天，冯文治和同学们目睹了血腥场面，而在开明书店所在的上海宝山路，章锡琛同样亲眼看到了群众被反动派军队殴打、屠杀的惨状。

国民党反动派发动的震惊中外的"四一二"反革命政变，让冯文治愤恨，令章锡琛对共产党抱以深切的同情。在朋友印象中向来"不大关心时事，不大关心政治"的章锡琛，抱着义愤在报上发表"青天白日满地红，白日青天杀劳工"的打油诗，14日，章锡琛与胡愈之等联名写信，向国民党提出抗议。一连几天，冯文治到处散发刊有娘舅文章的报纸，将无声的抗议传至大街小巷……章锡琛的行动，被周恩来誉为"中国正直知识分子的大无畏壮举"。而我的祖父，对他娘舅的大无畏壮举更是崇敬有加，并深感自豪。

4月上旬在北京，我见到了章锡琛的侄孙章幸农，后又在绍兴找到了章锡琛的孙子章心农和另一位侄孙章严（章锡琛侄子章士寰的儿子）。章士寰生前参加过解放战争、抗美援朝战争，最后从解放军总政治部转业，之后的工作和生活幸福平安。尽管他"三落三起"，三次重穿军装，但家人说他依然是忠诚的共产主义战士。所著的《三着戎衣》一书，记录了他坎坷的一生和他所了解的开明书店。

章心农是章锡琛次子章士敩的长子，也是现代文史研究家王伯祥的外孙。生于 1945 年 10 月的他，与祖父章锡琛一起在北京十多年，后跟着父亲离京到山西。退休后一年里半年住山西，半年住绍兴。

我到他在绍兴的住处拜访时，心农叔叔正忙得不亦乐乎，原来他担任了两个老年合唱团的组织者和指挥，每天都在排练庆祝中国共产党成立 100 周年的节目。但他还是抽时间跟我讲了很多，包括章冯两家的姻亲关系。至此，我才知道，他爷爷章锡琛的亲妹妹章懿，亦即他的亲姑婆，嫁给了冯家"文"字辈的人，即我祖父他们那辈的，但没多久姑婆的丈夫病逝，留下了一个叫冯连璧的男孩（与我的父亲同一个辈分）……大家族的人员关系真是复杂，几乎是故事套着故事，像套娃那样取了一个还有一个，我只能把家族中的革命者独立开来，尽力找到他们的踪迹。

在讲到开明书店的作用时，心农叔叔说："我和爷爷章锡琛曾在一起十多年，但这是中华人民共和国成立后的事了，从前的事都是听大人说起，比如爷爷冒着生命危险给瞿秋白出书的事。"

他详细讲述了章锡琛受鲁迅先生之托、为瞿秋白出版《海上述林》一书的经过：

上海是左联的根据地，瞿秋白是左联实际领导人之一。在成为职业革命家之前，瞿秋白是以学者著称于世的，这使他和被视为左联旗帜的鲁迅成了知己。章锡琛是革命文学的知音，开明书店曾出版过茅盾的《蚀》《虹》《三人行》《子夜》，巴金的《家》《春》《秋》《灭亡》《新生》，高尔基著沈端先译的《母亲》等名著。1934 年 2 月，国民党下令查禁 149 种书籍，其中包括鲁迅、郭沫若、陈望道、茅盾、田汉、夏衍、柔石、丁玲、胡也频、冯雪峰、钱杏邨、巴金等 28 位进步作家的书籍，涉及 25 家出版社。开明书店领衔并联合同业，两次向国民党上海市党部请愿，章锡琛还和夏丏尊联名写信给蔡元培、邵力子，迫使当局放宽禁书尺度。

当瞿秋白在福建长汀就义后，鲁迅扶病收集整理了他的遗作译文集《海上述林》。当时出版这本书要冒很大的风险，一旦被国民党反动派查出，企业被毁是小事，恐怕企业负责人还会付出生命的代价。因而书店都避而远之。鲁迅先生在斟酌权衡之后，想到了章锡琛。

鲁迅、周建人等三兄弟和章锡琛，有着十几年的同乡加好友的交情，尤其是周建人和章锡琛，曾有过一段共患难的战友情。而鲁迅先生，既于 1911 年与章锡琛在绍兴短暂共事，也曾在 1926 年 8 月由三弟周建人陪同，亲临刚刚开张的开明书店，为章锡琛打气助威，并就出版方针、书籍装帧等具体工作出谋划策。两人之间的交情是深厚的。而在这件事情上，鲁迅最看重的还是章锡琛的人品。一个人要向另一个人托付有可能掉脑袋的事情，对人品的考量自然是放在首位。

事实证明，鲁迅先生看人眼光很准。章锡琛既出于对瞿秋白的景仰和同情，也出于对鲁迅的信任，毅然接下了书稿，并开始在自己直接管辖的美成印刷所秘密排版。为了保密，章锡琛的儿子章士敏亲手排版，不假手于其他任何人。章锡琛不仅为这部书出了力，还出了钱。《海上述林》购买铅材的资金，即由开明书店编辑所同人捐助，叶圣陶、徐调孚、宋云彬、夏丏尊等人，为出版《海上述林》各认捐十元；王伯祥、丁晓先各认捐五元。

该书出版后，鲁迅在《〈海上述林〉上卷序言》中，对此表示由衷的感谢，并赠样书各一册给章锡琛，受赠的还有郑振铎、沈雁冰、叶圣陶、徐调孚、宋云彬、夏丏尊、王伯祥、冯雪峰等，尤其特别的是，受赠者名单中列有皮脊精装本和天鹅绒平装本各一册，赠送当时尚在陕北的毛泽东和周恩来。

鲁迅先生曾宽慰地对许广平说："这一本书，中国没有这样讲究的出过，虽然是纪念'何苦'，其实也是纪念我。"鲁迅这里所说的"何苦"，是瞿秋白的笔名之一。

有人说，开明书店是五四运动的产物。如果没有1919年的五四运动，就不会有1926年的章锡琛，更不会有章锡琛创办的开明书店。对此，章锡琛的同事宋云彬这样讲："开明的产生，完全受五四运动的影响。没有五四运动就不会有人提出妇女问题来讨论，那么开明书店的创办人章锡琛先生，就不会因为谈新性道德和办《新女性》杂志而被商务印书馆解职，他将一辈子在商务当个编辑；而同时在五四以前，像开明这样的新型书店根本办不起来，即使办起来了，也不可能发展，更不可能长期存在。"也就是说，新思想造就了章锡琛这个新人，而这个新人创办了新书店。

章锡琛尽管被称作"章老板"，但终其一生，他自奉甚俭，在开明书店没有拿过高于同事的薪资，没有享受过高于同事的待遇。他爱抽烟，但以高档烟待客，以低档烟自用。他自嘲：人谓开店即是老板，可惜我这"版"不是那"板"，是为发展文化事业，不为牟利。我吸的是老刀牌香烟，又浓又辣，是黄包车夫吸的；抽屉里有白锡包、三炮台，是敬客的，谁看到过有这种穷老板？家中吃饭，多是一碗绍兴黄酒、半碟花生。由于不讲究营养，他一直很瘦，加之穿着也不修边幅，人看上去有点未老先衰。那时，和他同时代的商务印书馆、中华书局等高层，很多人住别墅、坐汽车，家中有佣人伺候生活起居。

1948 年 8 月，章锡琛辞去总经理之职，1949 年 7 月，再辞常务董事之职。他向陈叔通借了路费，带着家人离开上海，到了北京。离开开明书店后，他先后出任中华人民共和国出版总署专员、中华书局副总编等职，参加了中华人民共和国第一部《著作权暂行法》的起草。

听完心农叔叔的叙述，我更加理解了我的祖父，为什么没有选择混官场、没有选择做金融发财、没有选择去广州的开明书店，而是选择了随时会掉脑袋的革命道路。看看鲁迅先生对瞿秋白的那份情谊，就知道那时的人心所向。

秘密加入地下组织

我祖父加入共产党的具体时间和地点，我的祖母有告诉过她的儿女。

后来，我祖母又得守口如瓶，除了自己的儿子女儿，几乎不对外人多说半句。偶尔见到她的孙女（父母离婚后，原本被祖母带走的我，后又被外婆指挥我母亲把我偷了回去），也极少提我祖父的事。我的祖母是"文革"结束那年病逝的。父亲说，她在听了"四人帮"垮台的消息后，重重地说了句：这帮害人精终于遭报应了！

她再没醒来，也带走了很多记忆。

当她的儿子女儿把她讲的故事又转述给我时，中间又产生了"损失扬程"（水流运动的必然规律，这种能量转变的现象又叫能量损失或损失扬程），原本完整的章节，成了残缺不全的片段。

我父亲的口述历史到我这里，只能整理成某条弄堂、某个庭院、某个人……是的，他们原本都是有名字的，包括金先生，是因为保密纪律，我祖父一直没来得及告诉家人，因为我祖母没赶上见我祖父最后一面，原本很多可以解密的故事，也只能被祖父永远地带走了。

父亲晚年时，曾多次想去上海看看，但他记忆中的这条街那条路，上网一查，多半找不到。这么多年的开发，不少老地方已被时代湮没。

带着父亲的心愿，我去了上海，走进中国共产党诞生的那个街道、那条里弄、那间石库门。

在我眼前的，都是大名鼎鼎的人物，他们的形象或被悬挂在墙上，或被塑成雕像矗立在中堂……想着，大人物的身后必定跟着无数的追随者，推动着伟业的进行。于是，一个瘦弱的书生模样的青年，时隐时现在一个巨大的空间，又脚步匆匆地远去。

我的祖父，绍兴冯家台门出来的，一心报国不怕砍头的热血青年，把自己再次置入风险巨大的时空。

1927 年，"四一二"反革命政变 3 天中，上海共产党员和工人 300 多人被杀，500 多人被捕，5000 多人失踪。4 月 15 日，广州也发生反革命政变，当日捕去共产党员和革命群众 2000 多人，优秀共产党员萧楚女等被害。江苏、浙江、安徽、福建、广西等省也以"清党"名义，对共产党员和革命群众进行大屠杀。北京的奉系军阀也捕杀共产党员，4 月 28 日，李大钊和其他 19 名革命者英勇就义。

面对白色恐怖，冯文治和他的同学非但没有屈服，反而更加坚定，坚定自己的信念，坚定自己的追求，坚定共产主义的信仰。他们来到老师身边，期待新的动力。

"根本出路在于谁有群众！"

金先生对自己的学生强调了这一句。他让眼含热泪的年轻人——坐下，继续听讲。

第一次国共合作全面破裂，轰轰烈烈的大革命以失败告终，共产党面临严峻的考验，但在群众中的影响却迅速扩大。这一点，同学们都清楚。

其实，金先生从未向学生讲明他的背景，学生也从不打听他到底是共产党人，还是国民党"左"派。学生只知道他遵循孙中山先生的新三民主义，也支持共产主义宣言。不管新三民主义，还是共产主义，"它们的目标是一致的"。金先生在与学生的对话中，时不时会流露出对周恩来的敬佩："恩来为国为民，不怕断头，既是忠诚英武之士，又是有谋有略的智者。中国革命，必须要有这样的领袖！"

金先生再次和学生来到黄浦江畔。肃杀的江风吹乱了他一头温顺的黑发，也掀起所有人的衣衫；船舶离港的汽笛声响起，久久在江面回响；空中云层叠叠，深沉而又诡谲……兀然，外滩海关新址大楼的大时钟，发出了报时声，吸引路人纷纷驻足仰望。金先生像什么也没发生一样，带学生走进了餐厅。此刻他最想做的，就是犒劳自己的学生。这些勇敢的年轻人，都是革命的种子，要把他们好好保存下来，前人倒下的路上，他们就是后来者。

安静如常的西餐厅，灯光黯淡，寂静无声，唯有偶然的刀叉声传递出力量的信息。三两学生和一位老师，在这个并不怎么安全的地方，却心灵相通地默默用餐。而后，一一相拥离别。

当金先生面前剩下最后一位还没离去的学生冯文治时，他动情地问："侬娘舅雪村先生还好伐？"在得到冯文治肯定的回答后，他开始慢慢地告诉冯文治一些近况，"中共特委在沪举行会议检讨党的工作后，决定转入地下，周恩来留沪办理善后事宜。接下来……"他深邃的目光望着面前的学生，似乎有一种复杂的心情，让他难以表达后面的话意。中共中央在上海建立了特科，周恩来是主要负责人。特科职责是保卫中央领导机关，负责了解和掌握敌人动向，向苏区通报敌情，营救被捕同志，惩办叛徒等。

悟性颇高的冯文治，猜出了老师想说什么，他那坚定的目光迎向了老师："我不会改变我的信仰，斗争再艰难，我都志愿加入中国共产党！"

"共产党已暂时潜入地下，加入后就意味着你进入了隐蔽战线，而身份一旦暴露，不仅自己性命难保，还要连累家人……"

"先生不是说革命总会有牺牲吗？请先生放心，我会做好保护工作，会小心行事的。"

"对你的品行我从不怀疑，但是地下工作说穿了就是做间谍，十万分复杂十万分艰难，需要很强的能力和毅力，包括体力。"

"先生不是一直在训练我吗？"冯文治很想说得轻松些，但在先生凝重的表情下，他不由自主地连说反问句，其实他就是想表达，他已做好准备。

"2500 年前的《孙子兵法》，对地下间谍工作的要求，已说得很清楚，'非圣智不能用间、非仁义不能使间'。用间成功的组织，必定在圣智和仁义方面占有绝对优势，因为地下的秘密较量，同样是人心的较量。"

金先生给了他一个地址，要他即刻记住。几秒钟后，地址就被冯文治夹在两块饼干中，放进了嘴里。

这是一个寒冷的日子，细雨夹着小雪粒凌厉地落下，四周阴郁迷蒙。冯文治的胸中却似燃着炉火，脚步铿锵地来到海宁路一栋中西合璧的庭院。有人把他引入一间隐蔽的小室，室内已有人在等待。他们与他紧紧握手，让他面对墙上挂着的共产党党旗。这就是宣誓现场，肃静庄严，除了主持人、介绍人和他这个新党员，没有其他人在场。他举起右手，轻声却坚定地誓言："我志愿加入中国共产党，服从党的纪律，为共产主义奋斗终身，严守秘密，永不叛党。"

主持人领头唱起《国际歌》，冯文治紧跟上："起来，饥寒交迫的奴隶！起来，全世界受苦的人！……"他热泪盈眶，胸中涌起的豪迈之气，犹如万马奔腾，去向浩瀚的远方。

主持人把印有党徽图案的党证，交到他手中。他用绸巾细心包好，放进了胸口密袋。依然是紧紧地握手，之后，一声"珍重”，各自迅速离去。

从此，冯文治成了冯国柱，他的真实身份湮没在茫茫人海。

我的小姑妈冯连方比我父亲大几岁，对自己父亲的印象显然更深。她说：“我爹原来的名字叫冯文治，在德清，很多人叫他冯老三，包括那些衙门里的官差。后来冯国屏伯伯来了，听他叫我父亲冯国治（他们经常讲上海话，我们把‘柱’听成‘治’），我们几个孩子才知道，父亲还有这个名字。”

对父亲放弃上海证券交易所高级职位的事情，她的理解是：“我爹一心跟牢金先生，要做革命者。后来母亲告诉我们，他这一生就是认定了共产党，认定共产主义一定会实现。为此，他不要像上代人那样在绍兴做地主、做老古套的师爷，其实他最想做的是造机器、做实业，他相信科学救国，所以到上海学工科。”

她说她印象很深的是，冯国柱和冯国屏（酆坚）都喜欢理工类的东西，他们会一起弄些飞机模型之类的，到草地上去飞。“我父亲在新中国成立后如果还活着，应该会去做工程师。他经常琢磨飞机汽车轮船这些东西。”

第三章

一

隐于小城，潜龙择机发力

　　我祖父告辞了大上海，后来他奉命赴德清，但指挥他的中心枢纽应该还在沪上。显然，我父亲和姑妈他们经常提到的金先生，是指挥他的上级之一，遗憾的是，可以证实这位金先生真实身份的资料，几乎为零。

　　行走在现代化都市的大上海，我不由得经常停下脚步，想听从心灵的召唤。

　　爷爷啊爷爷，假如蓝天之上有您的目光，那么您一定会看到我正在寻找留在黄浦江畔先驱者的足迹，爷爷，请您给我更多启示，让我可以追寻到您和您的战友曾经的沪上身影，那不负年华的战斗青春……报时的钟声响起，泪光中，我望向祖父曾经仰望过的钟楼，飘忽的心慢慢沉静下来。我知道，这条追寻之路很长很长，漫长到望不见头；过程很重要，希望产生在坚持的过程中；二维三维找不到的，或许正出现在其他维度。

　　我拉紧沉重的双肩包，不断地鼓励自己，继续前行。

　　在上海还是有了意想不到的发现（后面再叙），结束后我一刻不停地又返回浙江。好在现在交通便利，从上海到杭州，乘高铁一个小时都不用。从杭州到德清，乘高铁只需十多分钟。但到站后转乘出租车等，还是要花去不少时间。为节省时间，每到一个地方我就先找酒店。亲朋好友邀我住他们家，我却不想打乱他人的生活节奏，住在酒店白天出门，夜晚回来睡个觉，第二天一早又背上放有笔记本电脑的双肩包，赶去四处调查。酒店仿佛成了半个家，成了人生节点中的一个驿站。

简单无杂念的日子，希望总是在前面。只是去到比较偏僻的地方时，回程的士都打不到，公交车又没赶上，最后只能麻烦朋友开车接。这时，不能不想到，那时我祖父他们有多艰难，很多时候要靠两条腿，从这里走到那里，进行地下工作、打击侵略者，为国为民殚精竭虑，不惜献出一切……

在我的调查中，按地域背景划分，德清乾元镇的务前街是必须要去探寻的。

在德清县图书馆，朋友把我介绍给本土青年才俊、本馆地方文献室主任朱炜。他反应很快地说："看过你发表在《中国作家》杂志上的小说。"是的，像《人民文学》《中国作家》这样的刊物，在县图书馆自是在架的。我赶紧请教从前德清县城的街景,他告知,可到德清"活字典"蔡剑飞的文章中找。结果发现，蔡老先生对务前街似乎情有独钟，在数篇文章中都有提到这条德清历史上一度如此非凡的古街。限于篇幅，只能摘取几段：

> 城关（乾元）镇务前街，原是一条狭长中曲的石板路。"务"是宋代的机构统称，收税的机构就叫税务。康熙《德清县志》载："溪山第一亭，即宋税务之基也。"明清改称

税课局。民国《德清县新志》卷三载："旧税课局，在务前街，今仅存石牌坊。"因这条街位于税务之前，故称务前街。

那时的务前街，靠近十字路口这一段，是闹猛的商业街。街北面第一家是傅兴昌糖果店，兼营杂货。糖果店东面是陈桂泉厨行（包办酒席）。厨行东面是一家豆腐店，老板娘长得齐整，人称豆腐西施。街南面依次有罗家肉店、李森茶馆和施天兴铁匠铺。面对新庵弄有一家客栈。务前街祝家弄口还有手艺一流的葛金奎成衣店。

"就在这条街上，产生过不少优秀人物""其内涵也是极秀美的""是值得我们怀念的"，蔡老先生列举了这条街上几个大家族的前世今生，却没有革命和抗战人物的记录。这也是难免的，发生在一条街上的故事并非某个人可以书写完整的，还需更多的笔墨来填补空白。

令人惊奇的是，我终于发现蔡老先生的书中有我祖父的姓名（当年本地抗日民主政府成员名单）。蔡老是德清旧时四大家族后人，他的家族中也有革命者。

余不溪迎来三兄弟

1928 年的春节，冯国柱回到了家乡绍兴。组织上要他先在家乡调整，蓄势待发。他的母亲，我的曾祖母身体不适，他也要回来侍奉。

　　自六年前离开故乡到上海，中间他有三个春节回来过。父亲和大哥先后去上海看过他，母亲却被旧式家庭各种陈规陋习束缚，几次想去沪上探儿，终不能成行……故乡没什么变化，到处是断墙残垣，荒草萋萋；村坊上大多数人家的日子紧巴巴，吃了上顿愁下顿，田野里看不到一丝希望……父亲说："你大哥宁可当孩儿王，也不愿管这个家，爹只能指望你，这次回来把心定了，赶快娶妻生子，跟我弄好这个家吧！"

　　他清楚父亲真实的想法——父亲晓得他在上海"不安分"，只怕他再出去做掉脑袋的事。他要把儿子拴在家里，好歹是个帮手。他不会想到，儿子已是共产党员，随时准备听从召唤，只要党一声令下，即便是刀山火海，也必须赶赴。他没有与父亲争辩，而是默默地整理母亲的字画与手稿。竹片书签从古籍中掉了出来，上书"民劳，吾何忍独适"——母亲章氏给他们讲过的故事中，夏原吉的故事他从不漏忘，母亲说，夏原吉有情有义，有德有量，他的肩头硬到可以承载天下苍生之生计，这使他在为国理财时，总能首先想到百姓，哪怕被抄家被关进监狱，他也要赈饥民，减赋役……母亲说："他是君子中君子也。"

　　章氏不仅给孩子灌输做人的道理，也把冯家的书房打理得井井有条，藏书藏画的数量和品质在此地众多书香门第中也是屈指可数。母亲在，书房是活的，如果没了母亲，这书房还不知变成啥样……"老三，好好做事体，姆妈相信侬。"母亲的话从不敢忘。凝视着门楣上的"树德堂"匾额，他双目模糊起来，默默祈祷着母亲快快康复。

暖阳曦照下的某日，大门口有人在喊"廿五少爷"，冯文治下意识地拔脚就往外走。其实，他一直都没弄明白，这个廿五少爷究竟是哪房伯伯叔叔的孩儿。大屋太大，上上下下一众人，常让他唯恐避之不及。奇怪的是，人家喊的是"廿五少爷"，他却应声来到大门。廿五少爷不在，而他则盼来了上级的指令：三日后到杭。

那晚，他陪着病榻上的母亲到夜半，而后悄悄地坐脚划船离开了冯家台门。

吃早饭时辰，冯泽山发现老三不见了，气得直跺脚恨骂："逆畜，贱胎！"

这是 1928 年的初春，乍暖还寒。杭州西湖边一茶楼，组织上派来的人与他接上头。时近傍晚，湖面上灰色蒙蒙，远山的轮廓也是蒙蒙的，但冯国柱的心里升腾起缕缕亮色，期待组织交予神圣使命……他觉得自己已经荒废了太久。

"你必须尽快结婚！"

这算什么任务？他一时呆了。

"组织上可以给你安排。"

他环顾四周，发现茶楼没几个人，环境应该安全，但还是嗫嚅："这，这……"

来人说，毛泽东率领秋收起义部队到井冈山创建了农村革命根据地，走"农村包围城市，武装夺取政权"的革命道路。

我们坚信，星星之火，可以燎原。我们地下党人，要为共产党自己的军队做好各项发展工作，比如为军队提供各种需用物资。杭嘉湖地区是鱼米之乡丝绸之府，募饷筹资，责不容辞。我党需要强大的地下力量，配合完成这样的任务。同时，杭嘉湖本身要发动农民，需要地下组织有力配合……

望着组织派来的人，冯国柱挺直了腰板，仔细记住一字一词，只怕漏了。对方讲明：先去一个县城，等立足后再行动。因为任务繁重，工作琐碎，风险大，需要有人协助，最好带家眷，可以借此掩护你，要做好打持久战的准备。

湖面上飘来丝丝晚风，带走了茶水的热气，冯国柱将茶水一口饮尽："我马上回绍兴娶妻。"

对方略一愣怔："不需要组织帮助？"

为打消组织的疑惑，冯国柱坦陈，其实绍兴家里早就给他物色了新娘。她是海宁硖石镇汤姓人家的女儿，属小家碧玉型。考虑到地下工作的危险性，他一直抗拒着父亲的逼婚。

"有文化吗？"

"父亲说了，人家能文能武，就是说有文化又会做事。"

海宁硖石，诗人徐志摩的故乡。

"好吧，组织上核准后没有问题，你就开开心心做新郎官吧！"

"婚礼那天，组织上会不会派人过来？"这话一出口，他就后悔，怎么把组织原则给忘了？可内心深处，他是多么渴望组织见证他的每一步成长啊！

对方笑笑："先祝贺你了！"他用手指沾了茶水，在桌面上划出"天生"两个字，"这是你将来办实体的名字！"

"天生我材必有用。"冯国柱点头。

"做一个戒章，以后组织来人，会认你章面用二王行楷刻的'天生'。"

一般刻章都用篆体或仿宋体,而"天生"机构章用二王行楷，显然是一个组织设定的暗号。书圣二王出自绍兴，印章用二王行楷，最好不过。

印，是信物，是一种权力凭信，代表着验证凭信。桌面上的字样在淡淡隐去，"天生"两字却深深地镌刻在了冯国柱的心中。

然而，这次组织派来的人，他再也没有见到过，尽管他们在西湖边道了"后会有期"。

湖州府乾元古镇，是德清老县城。我的祖父新婚不久，就踏上了到异乡创业的征程。经过一段时间的考察，他正式通知妻子汤彩霞"随军"。我的祖母就这样跟随我祖父，踏上了这块并不熟悉的土地。假如退回到春秋战国，这里是吴国，我祖父的家乡是越国，他是从越国来到了吴国，像当年的西施那样，要潜伏下来。当然，他的使命与西施那时不可同日而言，超越了任何狭隘的复仇主张。

县城群山环抱，蜿蜒的东苕溪穿镇而过；纵横几条街开着各色店铺，一条又一条细长的弄堂，穿越镇区东西南北，向外延伸。古镇曾经叫余不镇，缘于东苕溪曾称余不溪。每逢春季，雨涨溪水，上流的桃花瓣顺急流而下，但到了乾元镇这段，溪中只剩花蒂，余不溪由此得名。大艺术家赵孟頫，外婆家在德清，又在德清迎娶江南才女管道升，一家人便选在余不溪畔定居。他把居所的书斋取名为"松雪斋"。从22岁到34岁，赵孟頫在余不溪畔的12年，成就了他的艺术造诣。他离开德清后，诗文中的江南，是"余不溪上扁舟好，何日归休理钓蓑"。

携妻从绍兴来到这里的冯国柱，可不是像赵孟頫那样赋词酬唱陶醉于山水，而是要以洪荒之力，建起一个安全岛。这个安全岛既可筹集物资，也可藏匿和解救进步人士，更可转送打击敌人的装备和信息……

在连接横跨溪河长桥的直街上，"长发"当铺对面，"天生"镶牙社悄然开张，镶牙社的老板叫冯老三。这是冯国柱到德清后，正式对外宣布的大名。小城市民很快记住了这宜叫上口的名字。于是，冯老三便成了正式名片，认识的和不认识的，一听冯老三，就知道是绍兴人牙医。

娘舅章锡琛给这位小辈牙医专门写了对子，下联是"一心换牙警果老"（可惜上联没人记得了）。对联装在玻璃镜框内，悬挂在诊所的墙上。娘舅并不知道甥男的地下党身份，只以为年轻人真的想要自己当老板，早早发财。

前来治牙的从试探到信赖，人越来越多，其中不少不是牙病的患者，也来求诊。冯老三夫妇俩和几个徒弟，逐渐难以招架。上海的金先生派学生来支援，但这不是长久之计，况且，进入春季，上海又流行脑膜炎，金先生那里也是人手紧缺。

此时，组织上送来急报，告知嘉定六里乡农民在中共领导下，先后组织了五次农民暴动。周边各地下党组织既要做好支援的准备，又要深潜确保安全，不可轻举妄动……到了5月12日，上海总商会和上海县商会等五商会紧急通告，一律停止订购日货，各报关行和各轮船公司议决，从14日起拒绝日货。天生镶牙社不少药品来自日本，一旦断货，将面临关闭。当地一些土郎中和冯老三聊到了中药，他马上跑进山区寻觅药草。

必须尽快增添人手，但这可不是一个纯营利机构，招人恐怕比较困难……他想到了家中的弟兄。可他已经忤逆了老父的意愿，离家到了外地。父亲怎么可能再让他叫其他兄弟出来？妻子汤彩霞出了一招，叫他告诉老父，说准备送妻子回绍兴生子（冯家的孩子规定要生在祖屋），德清的诊所就没人看顾了，要请弟兄过来暂且搭帮一下。

于是二人按此计行事。冯泽山接信后，觉得也只能这样了。再说，老三真的靠自己撑出了一个门面，也得鼓励啊！他派出了老大——担任小学校长的老大憨厚实诚，且与老六一样，和老三感情深，必定会助老三一臂之力。

就这样，冯国柱的大哥冯文雄也来到了德清。

兄弟同心，其利断金。没多久，天生镶牙社风生水起，十里八乡来看牙的，有钞的付钞，没钞的拿鱼虾鸡鸭芋头番薯抵诊费，连芋头都没有的就免费。

"侬同姆妈一样，只会做亏本生意。"老大尽管笑话老三，但心软起来还会送没钱的患者吃的。

德清是富裕之乡，很少有灾荒年，有资产者不少，一个小小县城，藏着一座座深宅大院。这些大院的主人，有的在杭州、上海这样的大城市另有产业，有的几朝为官，后人开枝散叶在各处，偌大一个宅院只是住着守房的远亲。有这样一个群体的需求，天生镶牙社较快地积累了资金。资金宽裕后，就是尽快找到像样的住宅，用以接待来来往往的自己人。

务前街傍余不溪，从这里可以坐船去杭州，去上海，船儿驶出余不溪，进入大运河，就可加速快行，如是小火轮，几小时即可到杭城；如是长长的货运拖船，驶入运河，就是宽阔的安全航道……这里有个空置的 53 号宅院，前后三进。天生镶牙社以业务需要名义租了下来。53 号对门的务前街 51 号宅院，是航运公司许滋轩的家，船舶码头的事基本他说了算。交通方面，必定要拜托许家了（后面的事一再证明，许先生是可托之人）。

冯文雄，家人叫他大雄，也有叫他阿大的。到了德清，就改名冯国雄。他是个手勤话少的厚道人，只要是三弟认准的事，他就闷头做，绝对无条件支持。镶牙社刚扎稳根基，老三决定再开一个照相馆。多一个实体多一份生意所得，可人手呢？他不知道老三的真实用意——地下情报工作离不开照相技术，开照相馆，这是最合理的掩护体。他要把老六叫来，加盟老大老三。

"这个体弱多病的老六，爹爹姆妈一向护小鸡一样护着伊。只怕爹爹勿肯让他出来！"

大哥和老三有一样的忧虑。但事在人为，只要老六自己愿意，父亲的担忧就可以慢慢消除。

"男子汉大丈夫，窝在家里吃老米饭，总归没用。出来练练，练到像个店王（老板）了，老父还不笑脱牙！"老三总说弟兄是手足，希望每个人都能实现自己的理想，何况自己最信任的老六，应该和他们一起共创未来。

两兄弟还真说服了父亲，把最小的弟弟从绍兴老家唤来了德清。老六还带来了父亲给的一笔资金，希望他们三兄弟把生意做旺，可以衣锦还乡。

老六冯文瑞一到，弟兄几个响亮的绍兴话，差点震飞屋顶。他们打开一瓮老酒，放开肚量猛喝一通。已是客人不断的家里，这天又来了好几拨人，流水席不断，有的来谈生意，有的来咨询治病事宜，有的是这个地方有头有脸的人物，是场面上不可得罪的角色，当然，也有隐蔽战线的自己人……这让老六看得眼花缭乱，说："大哥三哥你们这么忙，我能做什么呀！"

挺着大肚的汤彩霞，知道六弟累了。她给他泡了杯姜茶，让他早点休息："你就给他们管账，这两个老爷，只知撒钱不懂收钱。等照相馆一开业，你就是老板，他们两个能把镶牙社弄弄好就蛮不错了。"其实，汤彩霞一直在犯嘀咕，看着镶牙社人来人往，但最近几月结账并不见多大营收。丈夫一会儿说药品越来越贵，一会儿又说新添的器材又涨价了。反正，她也不是很懂，只觉得每天做得累死，还没完没了地招待这个招待那个，家里整天像个饭馆，一桌吃完又上一桌，光采购吃的，她和厨工都忙不过来。眼不见为净，她真的想去绍兴生孩子了。

冯国柱知道，妻子对他不满，很多次，他真想告诉她，他不是在为自己做老板……然而，他必须等到组织上同意，才可以向妻子袒露一切。

这一等，等到妻子在绍兴生了女儿，他去接她们时，终于能向她说出自己的身份。这已是1929年的春天，无论是天生镶牙社，还是天生照相馆，不仅都走上正轨，还表现出了向上的发展势头。

看到丈夫满腔救国热血，汤彩霞又岂敢怠慢，她默默地担当起家中丈夫的大部分工作，让他有更多的时间跑外面的事情。她还学起了搓麻将，等学会打了，却还得恰到好处地输。把钱输给那些老爷太太，他们开心了，丈夫出门才好办事。有时，她还得亲自出面，求某个官员的太太，把那关进衙门的人放了。不可否认太太耳边风的威力，但铜钿银子是万万少不了的，所以，赚钱，赚更多的钱，几乎成了汤彩霞最为迫切的事体。

三兄弟，加一个重情义、识担当的三嫂，在一家人的努力下，一座美丽江南小城中的中共地下党组织，从微弱到趋于稳定，到可以正常开展工作，且显露出较强的发展趋势……不过，这个班子里只有一个人是正式的共产党员，冯国雄的入党申请还在等待组织的审批。小弟冯文瑞则成了外人一个，根本不知道两个哥哥的秘密。

小弟觉醒助力兄长

心如发丝的冯文瑞，是两个实体店面的财务老大，每一笔经他手的账目都一清二楚，深得哥嫂信任。而他却是他们四人中唯一被蒙在鼓里的人。然而，老六是冯家弟兄中最聪明的一个，大哥三哥那神秘兮兮的样子，还是被他看出了端倪。为了查明原委，他不得不用心仔细观察。

这天傍晚，照相馆刚打烊，老三就笑嘻嘻地来到老六的账桌边。老六知道三哥又要来"赊账"了。这次他铁了心不让三哥这么取钱，"咔嗒"一声锁了钱柜。

"小弟，三哥又谈了一笔生意，我要拿钱付押金呢！"

"付押金付押金，你都付了多少回押金了？做生意的钱呢？不会次次做生意连押金都拿不回来吧！"

"你放心，到年终一起还给你，加利息！"

"三哥，你当这钱是生出来的？每天就那么点赚头，哪够你大把大把拿？你把店弄倒灶了，我们怎么办？"

"小弟，钱是赚不完的，三哥不是暂时短缺嘛！"

老六不愿再理他。他心里担忧的是，三嫂像变了个人，整天只知道烂赌，把自己的金银首饰好像都输得差不多了，原先她手腕上那么好看的翡翠手镯都不见了，隐隐约约听得她在跟三哥说，家底都快输光了。但三哥好像从未责备过三嫂，夫妻俩就像串通好了。他们难道想靠赌博发大财？三哥每次这么拿钱是给老婆还赌债？这怎么是好？赌博绝对是死路一条，爹爹要是知道，只有跳河港了。

"小弟，快把钱柜打开，三哥真的急用！"

老三越说急用，老六心里疑团越大。他干脆把钥匙放进了内衣口袋。老三急得跳脚，抓起鸡毛掸子装着要抽老六。老六也不躲，手指三哥喊道："你打吧，我马上回绍兴，再也不跟你们过！"

在楼上暗房的大雄，听到动静跑了下来。见状，他知道老三是真急了，老六也是真恼了，他赶紧掏口袋，但口袋里只有几个散钱，肯定救不了老三的急，只得帮老三求老六："小弟，侬先让三哥交代了这一次吧，后头我们再商量！"

"大哥，你就只会顺着三哥，三哥比老爹还重要，是伐？"

大雄和老三大眼瞪小眼，想不出压制小弟的办法。汤彩霞抱着女儿美玉来了，美玉拿了父亲手中的鸡毛掸子，掉落到地下。接着，她张开小手要六叔抱。"小伯伯抱抱，小伯伯抱抱美玉，美玉亲亲小伯伯。"汤彩霞已分不出是在哄女儿，还是哄小弟，心里却一样期待着小弟把钱柜打开。

老六一把掏出钥匙，扔到桌上，抱起孩子往外走："我明天就回绍兴！"

老三顾不上平息小弟的情绪，而是取了钱疾步赶去务前街51号，向许滋轩交了租船的押金。这次组织上向德清航运公司租了小火轮，但并未告知具体用途。按常规，许滋轩完全可以拒绝，但经过那么多次业务往来，许滋轩已经非常信赖冯老三，只要押金一到，船只就准时出发，按时到达目的地。很多事，冯老三不说，他也不问，冯老三要求把租船的事保密，他也配合。万一租出去的船有个三长两短，有押金在，航运公司是吃不了大亏的。再说，做生意总归有风险，两家是近邻，相互帮衬不会有错。

看到小火轮顺利驶入运河航道，冯老三松了一口气。回家路上，他需赶快想出向老六解释的理由，关键是以后怎么让老六配合……他又折回照相馆，要和大哥一起拿主意。

大雄平时住在照相馆，他也正等着老三过来商量。把老六得罪了，非同小可。就算他回去不向老父告状，他们内心也会愧疚万分。本来应该是两个哥哥照顾他的，却反过来要他替哥哥管家不说，还让他担惊受怕，这是做哥哥的品行？然而，组织纪律是严明的，他们怎样向小弟解释才合适，从而获得他的理解？两个大男人左思右想，最终的共识是，他们的事业不该瞒住小弟，而且也瞒不住；小弟可以不是共产党员，但相信他会理解和支持他们——冯文瑞，表面看着单薄文弱，可胸膛里同样跳动着一颗强大的爱国之心。

三嫂劝住了老六，可老六对两个哥哥的意见并未消解，直到第三天晚上，他目睹了这一幕——大哥跟着三哥回家，一进厅堂，三哥就打开留声机。在咝咝响的歌声里，大哥和三哥上了楼，三嫂把孩子交给了他，自己去了厨房。在厅里原本玩耍得好好的美玉，不知怎么突然发现爹爹不见了，就哼哼唧唧地跟小伯伯要爹爹。小伯伯抱起孩子上楼，楼上几个主房都不见有人，角上一个放杂货的小厢房，透出微弱的灯光。走近门口，只听得里面有人在轻声念着什么，他推门，里面闩住了。透过门缝，他看到了惊奇的一幕：大哥和三哥举起握拳的右手，三哥念句什么，大哥跟一句，好像什么"共产主义……"。老六再孤陋寡闻，也早知道共产党的事，知道大学生都在闹革命。他曾经有过一种向往，想着自己也可以闯世界，可以建功立业，而不是窝在乡下，一天天消沉。没想两个哥哥正在进行这样庄严的事业……他一时不知所措，进退不得。

孩子发出的声音，惊动了屋里的人，他们灭了油灯，打开了门。

老三从老六手上抱过孩子："你来了半年多，帮大哥和我做了这么多，我们却什么都没有给到你，实在是惭愧。从今往后，我再也不会对你发脾气了，还请小弟担待！"

下楼，三兄弟坐在了餐桌前。

大雄把三只小酒盅倒满黄酒，放到每个人面前："小弟，晓得依酒量勿大，今朝大哥敬你，后头大家一道出力，为了新的中国！"

老六拿起酒盅，两口喝尽，低头不言。是的，他已经看到了大哥的入党宣誓，两个哥哥其实已经向他公开了秘密，什么都不可能瞒他了。

"对不起，小弟，让你产生了误会。"老三往他的菜碟夹了块卤汁豆腐干。

老六不动筷，而是迟疑再三后，问三哥："那我也可以加入共产党？"

老三朝大哥看了一眼，大哥很快过去把房门关了，自己也退了出去。这时，老三拍了拍六弟的肩膀，深情地道出他的考虑：隐蔽战线，波诡云谲，随时会脑袋不保。现在大哥和三哥已经做好掉脑袋的准备，小弟你要担当起保护家人的大任；你在党外，可以起到掩护作用，和三嫂一样可进可退；其实，你已在帮助哥哥传播革命思想，反对封建剥削压迫……

"三哥，我晓得了。"老六揉揉眼睛，也给三哥的菜碟夹了块豆腐干。

冯国柱拿出一只铁皮盒子，让六弟打开。

"小弟，三哥亏待你的……事到如今，三哥也只能把大事拜托小弟了！"

铁皮盒里有两条小黄鱼（金条）和一本证书。证书就是党证，是冯国柱的中国共产党党员证书。

"万一我和大哥出了事，你带上三嫂和孩子赶紧回绍兴。或者，去哪里躲藏一段时间。这两根金条，是我去上海时姆妈给的，一共四根，我用掉了两根。你看，我们就把它放进梁橼。万一逃难时不方便，你可以把党证留下，等安全时再来取。"

泪水在冯文瑞脸上恣意横流。

"小弟，这只是一个准备，或许，这样的事永远不会发生。谨慎能捕千秋蝉，小心驶得万年船，对伐？"

"我晓得了。"

余不溪传来夜航船的鸣笛声，长长短短回响在古镇的上空。弟兄三人跑到天井里数起夜空中闪亮的星星，当数到 19 时，老六突然叫停，好了好了，十九久久，这样就好。

"九九归一，蛮好。"汤彩霞过来附和。其实，她是这里过得最提心吊胆的人，除了人身安全，她还要天天惦记着铜钿银子有没有赚进。尽管生意在好起来，但开销也越来越大，这钱总是没有够的时候。

可以说，从嫁给我祖父那天开始，我祖母的日子就没有了安耽，一家人就像处在风眼口，时时得提防着。对我祖父的党证，她想过很多藏匿的地方，但都被自己一一否定。

我祖父的党证最后到底去了哪里？我姑妈冯连方说："大姐告诉我，我们父亲的共产党员证书，当时放在德清县东街风牌弄一座民宅的屋檐中间，这房子我大伯他们住过。"

这个风牌弄早已被拆，现名曰乾元镇广场路。

姑妈讲，她的母亲汤彩霞，因幼时深得伯父家喜欢，所以常住在绍兴的伯父家，而伯父与绍兴冯家关系很好，于是几个老人做主，把汤彩霞嫁到了冯家。从此，她就死心塌地服从丈夫，成了他的左膀右臂。

各行交友肝胆相照

几年里，镶牙社和照相馆进入了发展期，大雄和老三更为忙碌了，平时难见他们的身影。久而久之，外头的人想找冯老三，就喊三阿嫂，而三阿嫂白天在53号忙进忙出，除了处理各种家务杂事，还要招待外地来的"生意人"，夜晚就在麻将桌上心不在焉地"烂赌"。好在两个经济实体形成规模后，收益增长逐渐稳定，冯国屏这个主抓营收的当家人，也不再郁闷，性情开朗活跃许多，与几个要好的职员偶尔也打打闹闹。

地下组织团队分核心和外围，镶牙社和照相馆人员除了组织安排的，便是冯老三经多方摸底后招入，只要不发生极端情况，有雄厚的资金保障，工作上的一个个障碍都会解决。面对疲倦的大哥，冯老三免不了打打气：天快要亮了，到时弟弟几个轮着给你打伞。大雄总是憨厚地笑笑："爹爹呢？爹爹会得享上福就好。我算啥？"

说归说，我祖父何尝不知战斗的残酷性和持久性。内心深处，他早就做好了最坏的打算。在深入田野和山区调查中，他只告诉人家自己是个牙医，找点可治牙病的神秘老方子。碰上患有牙疾的村民，他就顺手给治了。这使他结识了不少乡村朋友。

当时，浙江省的粮食不能完全自给自足，而是通过进口和贸易确保粮食价格相对稳定。自 1930 年开始试办保甲，利用保甲组织推行地方自治，期望粮食生产有大的增长。中国历代统治者，对"保甲""自治"寄予厚望，但在推行过程中，保甲制度的实效，往往走样变形，滋生很多弊端……鱼米之乡，缺粮户却分明过多，家境较好的，也要以杂粮抵补。粮价一涨，城镇居民就哀声一片。民国《德清县新志》记载——"生活现状：清邑富于蚕桑，人民勤于作业，自昔虽无盖藏，尚称家给人足，差堪温饱。以今视昔，不可同日语矣。良以生产，所入所增者微，而支出所需所加者高，或倍蓰焉，或十百焉且也，生之者寡，食之者众，奈之何其不贫耶。故向之不贫者，今贫矣；向之小贫者，今大贫矣，而人民之生活苦矣。"

为了摸清十里八乡的粮食生产状况，了解老百姓的生活实情，我祖父用双脚丈量了周边水乡和山区的每一寸土地。父亲曾告诉我，不要看你爷爷少爷出身，他走起路来谁也赶不上，走山路也不会落在山民后面。

"你爷爷这个革命者，他最先想到的就是让老百姓吃饱饭。看到劳动者千辛万苦，饥寒交迫，他和你奶奶心里就无法平静。"我父亲说。

革命，就是被压迫者起来摧毁旧的腐朽的社会制度，建立新的进步的社会制度；就要破坏旧的生产关系，建立新的生产关系，就要解放生产力，推动社会的发展……民以食为天——说到底，老百姓首先要吃饱饭，要衣食无忧，才能当家做主。

冯老三经常约上县城米行的王老板，借踏春之名，体味各乡各村的百姓生活。

"不了解当地人民的实际情况，不察民情，何谓解放百姓？"他讲给妻子听的话，似也在催促自己的行动。

"王老板应该不知道你在做什么吧？"汤彩霞最担心的还是保密问题。

"他只当我是个私贩子，什么生意都想做，财迷心窍。他也应该一直在想，这个姓冯的哪做得了大买卖，只不过跟他一起了解了解行情而已。我呢，自然要跟他接近的，一旦上级有这方面的任务下达，他是可以帮上忙的！"说着他又想起一件事，问妻子，"那位'诗人'放出来没有？上级指示，要抓紧完成，一旦暴露身份，只能死路一条！"

"今天又问了谭四姨太，她说人一定会放，不要急。她还说我麻烦事体太多，动不动要到局里捞人，哪里来介多倒霉亲戚朋友？我只好再讲，开照相馆挣不了几个铜板，就是朋友搭朋友的啰嗦事赛过白虱捉勿光。"

"你跟她讲这些有啥用？她这是在变着腔调要你再多掏出些。"

"我当然晓得，可是这个四姨太胃口越来越大，一根小黄鱼她看都不看了。是不是再去找找徐太太？这次看来要大出血呢！"

"不管出多少血，尽快把人救出来，不要让组织上一再催。我明天出去看看有否更好的办法。"

每遇这种情况，冯老三都要四处奔走。夜长梦多，尤其是办了半截的事，一拖延就可能变成夹生饭，前功尽弃不说，后果也会非常严重。

中国共产党领导下的左翼文化运动，自上海起已悄然扩展到周边城镇，这让国民党右派对文化"围剿"变本加厉。不少已经被盯上的左翼文人，就往偏僻乡镇转移。在德清，有人向国民党政府告密，就有左翼人士被抓。营救被抓的中共党员，是地下党组织的功能之一。这次要营救的"诗人"来自上海，国民党政府还未查明他的共产党员身份……事不宜迟，得与时间赛跑。

三更半夜，冯老三敲响了铜锡白铁店蔡贞元老板的家门。蔡老板的岳父母也是绍兴人，久而久之两家就成了莫逆之交。

铜锡白铁店与镶牙社同在直街上，除了沈天顺银楼和长发当铺，直街两旁大都是手工业店，做鞋的，理发的，裁缝铺，灯笼店，茶店，刨烟店林林总总，还有一片铁匠铺。认识了洋铁店蔡老板后不久，冯老三又认识了裁缝师傅、做灯师傅、铁匠师傅……古镇有句老古话：人生有三苦，打铁，撑船，做豆腐！打铁的，抡着大铁锤，日夜在火炉旁忍受辛劳与炎热，一辈子又脏又累不说，长年累月地对着炉火，眼睛也会瞎掉。人们把屠夫和铁匠看作社会最下等的人群。航船的船工，风吹雨淋，吃住在船上，除了生活艰辛，随时都有翻船丧命的危险；做豆腐的，三更睡五更起，起早贪黑，每天浸豆子、磨豆腐、烧浆等等，整套古老的传统手工技艺做下来，连牛都要累个半死，赚的钱却仅能糊口。

这些勤劳质朴的劳苦大众，代表着当时落后的生产力，但他们也是有智慧的人群，尽管没有多少文化，有的甚至一字不识，可时常会有令人耳目一新的见地，不由你不服。他们很快认了冯老三这个识字人，当汤彩霞来到他们中间时，他们也就顺口叫起"三阿嫂"。三阿嫂跟他们以兄弟姐妹相称，大家苦中作乐，其乐融融。

蔡老板并不知道冯老三的地下党身份，只知他热衷了解各种社会现象，对县城及附近各个镇上发生的事，有点打破砂锅问到底的劲头。白铁店里来来往往人也不少，但凡蔡老板听闻的，只要冯老三想知道，他就一五一十转述。说起国民党政府抓文化人，他滔滔不绝：新市镇、洛舍镇、钟官镇等等，都抓了几个，很多是学校老师，罪名是写反诗贴标语煽动学生，要推翻政府。是不是共产党，还要审，是共产党就要押到上海或者杭州，弄勿好命勿保……蔡老板这些口头消息，与冯老三通过其他渠道了解到的差不多，不能不叫人抓心挠肺。他想，他必须动那颗棋了。这颗棋子轻易是不能动的，这是他们地下党人在县衙职位最高的盟友，"老桥"是他的代号。国民党员"老桥"，严格意义来说是国民党"左"派，与国民党反动派有着严重的分歧，但由于他非同一般的背景和身份，在县里说句话还是蛮有分量的。

他的沉思蔡老板看在眼里，面对蔡老板迷惑的目光，他故作轻松，问他铁匠师傅有没有做好他设计的物件。蔡老板告诉他，这东西不好做，铁匠师傅说做不到这种技术，只有拿去杭州看看。

"那就再说吧，不急，我也是受朋友启发，希望有个新产品赚点钱。"他想做一把类似瑞士军刀这样的万能工具，假如试制成功，给团队中走路最多的那几个人手一份，用以防身。当然不可能做到瑞士军刀的水准，但即使粗糙笨拙，对于手无寸铁的战士，也是一种可以自卫的装备啊！

试验不成功，也在预料之中。无论是冯老三还是蔡老板，都希望国家能强大起来。一个县起码要有像样的铁业社，要有造机器的工厂，要把老百姓从繁重的体力劳动中解放出来。这也是革命的意义。冯老三跟蔡老板的聊天，有时是天马行空的，不过蔡老板也常想，如果真有技术发达这天，他店里的铜锡洋铁器具，机器可以把它们做得很漂亮，卖相一定赞的。

回家后，冯老三就着灯光，又设计起地下工作的辅助配件，什么微型相机、空心假牙套、听诊器耳机……画了一张又一张图纸。他庆幸自己数学物理没白学。

凌晨，鸡叫头遍，他踩踩快僵硬的双脚，走进了晨雾。今天他必须找到"老桥"，还得神不知鬼不觉。他们极少见面，万一在大庭广众之下碰个正着，也装作互不相识。

到早点铺吃了碗馄饨，他决定马上去新市镇，那是老桥的老家，说不定可以碰巧遇到他，即使没那么巧，也可了解更多情况……新市镇并不比县城小，居民在时尚方面还超过县城老百姓，有"小上海"之称。那里有左翼文化人甚至重要的共产党人，绝不稀奇。尽管上级组织还没有让他们扩大营救范围，但这是牵一发而动全身之局，在上级指示下达前，能够把情况摸清楚，思路就会正确，很多事就可以跑在时间的前面。

放下碗他就直奔轮船码头，赶头班去新市的客船。

抵达新市，才上码头，他就看到了他的大徒。几乎同时，大徒也看到了他。他正在等去县城的航班，猛见老板，先是惊喜，后又惊讶："老板这么早过来？"

冯老三朝大徒微微点个头，顾自往前走。大徒心领神会，跟在了后面。走过几座桥，穿过一条细长的弄堂，看四周没人，他们才在一条大石板上坐下。

"今天你应该在武康，怎么在这里？啥事体？"

"前天夜里被叫去武康了，昨天下午就坐船来了新市。照相馆的地址我都看了，怕你等急，正要马上回乾元去告诉你。"

严守纪律不犯大忌

天生照相馆要开分店，前天老板给大徒安排去两个地方选址，定下的日程是先到新市，后到武康，可大徒倒了行程，先去了武康。这可犯了大忌，在通信还未发达的年代，万一要找出门的人，只能根据事先安排的日程按图索骥，如果出门人自改行程，等于断了线索……大徒当然知道这属违规，他赶紧做出解释："那个农民暴动队伍里面有我的亲戚，他想让我去帮他们做些事，前天硬拉我去武康，我要找师母说一声都来不及。幸亏他们看我无多大用处，我才得以离开，去找分店的房子，后来又乘上到新市的便船。"

原来，随着工农运动范围的扩大，湖州各地的党组织发展很快，势头趋旺。而共产国际的错误指导，使党内的"左"倾急性病又冒头。1930年1月11日，中央政治局通过《接受国际一九二九年十月二十六日指示信的决议》，延续了决议中的错误主张，认定党内主要的危险还是右倾，认为党必须发动群众斗争到更高层面的经济的政治的同盟罢工，以至武装斗争。决议指出：党不是要继续执行在革命低潮时期积蓄力量的策略，而是要执行集中力量积极进攻的策略，各地要组织工人政治罢工、地方暴动和兵变，要集中红军进攻大城市。

于是，杭州这边不切实际地制订了以诸暨为中心的浙西总暴动，计划省城附近十几个县围攻杭州。根据实施暴动的需要，改组中共杭州市委，组建了党、团、工会领导机构合一的杭州市行动委员会，统一领导杭州、杭县、萧山、富阳、德清、余姚、诸暨等地的斗争。

4月中旬，德清县委召开扩大会议，讨论德清农民暴动问题。会上做出了举行武装暴动的决定，确定了暴动总指挥、副总指挥和县苏维埃政府主席、警察总队长、警卫团长等人选。会后，各地党组织按照分工抓紧暴动准备。中共杭州市行动委员会也派人到士林、干村、下舍、新市等地检查暴动准备工作，协同组建了农民暴动队伍——"浙西红一军"。红一军下设士林、娘姆墩、西菷漾、干村、白彪东、白彪西等 6 个大队，共 2000 余人。暴动时间定为 5 月 18 日晚 12 时，计划先集中县城内力量夺取县巡警队枪支，尔后攻占县公安局，同时组织农民暴动队伍向县城进军，里应外合，夺占县城。随后，暴动队伍向杭州进发，会合杭县西镇等地的农民暴动队伍围攻杭州……

杭州市行动委员会强调，德清党组织要加强与西镇党组织的联系，重视农村"抗债"斗争的领导，抓紧对国民党地方武装的策反工作。还提出，要通过农民暴动摧毁农村的反动政权，没收地主豪绅财产，烧毁全部田契文书。

对此，冯国柱请示自己的直属上级，上面给了四个字：潜龙勿用。

与其他地下组织发生横向联系，是情报工作中的大忌。显然敌人已经布下天罗地网，要想凭借一己之力掩护其他组织成员脱险，无疑是自投罗网。冯国柱只能按照组织要求，深潜，再深潜……

大徒尽管还不知道老板的地下党身份，但他早已明白，既是老板又是师傅的冯国柱，非等闲之辈。年轻却沉稳的他，没有被亲戚拉入暴动组织，也是总觉得此事太过草率。

新市镇，江南七大古镇之一，东去 30 公里外，便是乌镇，往北 30 公里外，有南浔、周庄、同里。它是京杭大运河纽带上的一颗明珠，也是中国古代丝绸之路的发源地之一。镇区宅弄深邃，曲径通幽，有 36 条弄 72 座桥。街与街之间水系相连，河道两岸店铺林立，古建筑连片。这里也有条直街，天生照相馆选址这里，与乾元镇直街照相馆遥相呼应。

来到新市镇选址的师徒俩，与出租店面的房东约定了几项事宜后，出来绕镇区徒步一周。

"你看你是到武康的店还是新市的店，或者两头都由你来管？不过会很辛苦！"

"辛苦倒是不怕，只怕顾了这头顾不了那头。"

看着大徒可怜兮兮的样子，冯老三笑了："你平时多拍拍老六的马屁，让他多教你几招，会事半功倍的。当然，我们必须招进步青年过来，像你一样，就可以马上独当一面。我们国家不久的将来，就要靠你们这样的人来建设。"

来到离"老桥"家祖宅不远的一个饭馆，冯老三说就在这里吃个饭吧。两人进去，师傅找了个可以看到"老桥"祖屋大门的座位。

对于"老桥"，大徒毫无概念。当老板进门就问有没有黄酒时，还以为他真的想吃老酒，就告诉老板，新市东栅头有上好的绍兴黄酒，应该去那里。老板笑笑："肚子饿了，早吃早回！"

大徒心里琢磨，老板还是有点不放心他呢，一个老早自己来新市看店面。也好，把徒弟定不下的事给定了，后面就可加快速度。

老板冯老三心里却翻江倒海，思绪万千，表面上还得平静如常。面前的大徒虽然诚厚，但无奈缺乏理论和实践，思想还处于懵懂状态，短期内无法接受很多事情，尤其是涉及极其机密的，万万不可向其告知。大徒对德清组建农民暴动队伍，一开始很兴奋，觉得工农很快会占领杭州这样的城市。如果跟他说不同的意见，他未必会信。好在他还不是那么冲动，冷静下来后，还说亲戚可能在做无谓的牺牲。

真正让冯老三困惑的，是对面大宅院的人。这是"老桥"出生的地方，他父母的居所。他为官一方后，也常来这里歇息。这院中还有他们的内线，是他找"老桥"的耳目。然而，德清一旦发生大暴动，斗地主，打豪绅，烧田契……"老桥"爹娘便是首当其冲的豪绅之一，是暴动的对象。

他忽然被烫热的酒呛了一口——假如暴动计划没变，今晚战斗应该就要打响，这些地主豪绅还能逃去哪里？那么，"老桥"还会帮共产党吗？

其实，出门前他不是没想过这个问题，但在上级一再指示"潜龙勿用"时，他总觉得暴动这个事不大可能发生，首先敌强我弱的客观现实明摆着，总不至于非要拿石头去碰鸡蛋？可假如他和徒弟都存在判断问题，暴动就将按计划进行，暂且不说成功还是失败，眼下找"老桥"肯定不合时宜。

"老桥"家门前人来人往有点热闹，有不少挑夫在把一担担物件送到船上。是不是他们已经听到风声，在转移财产？"老桥"不是一般的仕途人士，他神秘的背景，可让他获取各种消息。而且，他的思想也绝非单纯肤浅。他与冯老三交谈中，曾这样讲：两千多年前的孟子，说，有恒产者，始有恒心。意思是只有财产较多的人，做事才有责任心，因为他们要对自己的财产负责，对自己的家庭负责，对自己的声誉负责，不可以乱来。

冯老三问他，对于恶霸地主怎么理解？"老桥"说，仗势欺人的东西世上固然不少，何况社会本身有病，保长甲长里就有耀武扬威欺压百姓的，但真正的恶霸地主是极少数。彼此政见不同，"老桥"替自家说话，你也不能讲他无理。当他的父母有可能成为农民暴动的对象时，他们选择了逃亡……

几杯黄酒落肚，冯老三问大徒："你看对面这户人家，雇了这么多挑夫，在搬家还是逃难？"

大徒若有所思地说："也怪了，我昨天过来看到河港里许多货船，装了一箱又一箱的，好像都是有钱人家屋里头的红漆木箱，难道这些土豪劣绅都在转移财产？"

"你前天被亲戚拉去时，是他们真的要暴动？"

"真的。不过我觉得有点靠不住，就我亲戚那几个，都不晓得做什么，文不能文，武不能武，有的在村坊里本身就是快嘴，事情还没有做，到处去嗷嗷叫，哪个是司令，哪个是总指挥，哪个是苏维埃政府主席，总之，不要说隔壁邻居，整个村坊都已经晓得一清二楚。"大徒边说边摇头，忽地又像想起什么，"我觉得他们肯定是在逃亡，这些土豪劣绅应该都已经听到了风声，在加紧逃跑。难怪我亲戚硬拉我去武康，估计他们也知道了事体没有那么容易，要我去帮他们找山里的同学，说是借山民的鸟枪用用，实际可能担心事败后要被抓，想先找好退路。"

"按照计划，今天夜里就要开枪？"

"是的哦，但是我亲戚莫知莫觉，根本讲不清到底啥样子。"

"快吃，马上回去。"

师徒俩又匆匆赶路。当轮船抵达县城码头时，天色已暗。

暮春时节雨水多，近晚的古镇罩着灰蒙蒙的云层，似雨非雨，似雾非雾。街上冷清落寞，似有一股肃杀之气在涌动……店家都早早地打烊关门。

冯老三直奔家门。刚进屋，汤彩霞就闩紧内销。轻声急语告诉他："不得了，乾元今天抓人了，说抓的是领导暴动的共产党人，本来夜里农民暴动队要进城的，结果国民党先下了手，连铁匠铺都差点被封。"

"大哥小弟他们都没事吧！"

"他们又不是暴动队的，听到抓人，就早早关了门。"

"唉，整个大街小巷都在议论暴动的事，什么都掌控在人家手中。"

冯国屏来了，交给三哥一把折扇。说不知哪个顾客放在他的账桌上，说不定三哥认识。聪明的小弟话中有话，冯老三连忙打开扇子，只见几行草书从扇面跳出："龙潜于渊，阳之深藏。"

"上午开店不到半个时辰，就发现了这把扇子。"冯国屏轻描淡写地说后，就离去。

上面仍在担心他面对变故贸然行事，就再次郑重提醒，保存实力，忍时待机，到飞龙在天那一日，再出击。"龙潜于渊，龙潜于渊。"他默念着。

保姆叫来了大雄。一家人坐一起，商讨对策。可以说德清暴动已经夭折，除了明显的敌强我弱局势，准备工作缺失隐蔽性也是致命的错误。国民党政府肯定不会就此罢休，接下来完全有可能到各乡镇继续抓人。

"仔细想想，有没有与暴动队伍中哪个人接触过的。千万不要发生拔出萝卜带出泥的事，万一被自己人弄出祸水，那就太冤枉了！"冯国柱想，这还不是城门失火殃及池鱼的问题，假如真的因此而暴露了地下组织，他必定难辞其咎，多年的心血毁于一旦不说，一家人的命都难抵受损的事业。

汤彩霞突然想起大徒："他乡下亲戚多，老早就在讲暴动的事了，我倒是拉了一下后腿，否则，他可能也会去参加了。不知道他的亲戚怎么样了，是不是要他赶快去乡下报个信，叫他们赶快跑？"

"他已经去了，现在应该已经到了村坊上。他的几个亲戚会跑进山里。"

"准备工作都没有做好，全世界都晓得了，也能成功？"冯国雄连叹三声。

"大哥，我们现在就不讲这些了，要紧把自己的事做好。"

大家商量一致决定，店照开，生意继续做，尽量避免与不三不四的人接触，更加要耳听八方眼观六路，一旦发现异象，老六带嫂子和孩子去杭州或绍兴，大雄去山里暂避，老三去上海。大徒弟带其他职员把店面维持下去。假如大徒也有了麻烦，只能二徒三徒这么顺延……这样的安排并不新鲜，以前也是这样定的，只是眼下摆到了议事日程，时刻准备执行。上面要求的"潜龙勿用"，随时有可能被另一种突发危机改变。

楼上传来孩子的哭声，冯国柱要妻子把孩子抱下来。他要求这段时间大家都住楼下，今夜轮班睡，谁都不出门。明天起他和大徒住店里，大哥住到家里。

当夜无事，一大早，53号的人又开启了日常生活。

不出意料的是，接下来几天，县政府军警又到士林等乡村进行大搜捕，又有不少人被关进监牢。与德清农民暴动类似，1930年下半年，长兴县党组织召开白带湾会议，制订了攻打长兴县城的计划，但白带湾会议在长兴县造成较大反响后，很快引起长兴县国民党政府的警觉，会后第二天，长兴县政府出动大批军警搜捕中共党员，致使多人被捕，长兴县暴动也以失败告终。

一时间，不仅德清农民暴动、长兴党组织攻打县城计划等先后失败，而且湖州及其所属各县党组织也先后遭到破坏，这对深潜下来的地下党组织来说，更为不易，形势更显严峻。

这天晚饭后，汤彩霞又来找六弟要钱，谭四姨太有约，不去是不行的。六弟却垂目低眉字字吞吐："三嫂，这段辰光生意不是很好，牙社的药品和三哥要的相机，都还没有凑够款子，有点入不敷出呢！"

汤彩霞知道，小弟绝不哭穷，她只好转身再想办法。小弟却叫住了她，从抽屉里拿出他的派克金笔："三哥给我这么好的笔，我也用不了。是不是可以抵一下赌资？"

这是一支正宗派克钢笔，镀金的笔套，金黄色的笔头，全手工制造。冯老三几年的沪上打拼时光，也就给了小弟这么一件比较像样的礼物。平时他舍不得用，逢年过节时别在衣襟上显耀一下。

做嫂的哪敢作践如此厚重的东西，她连连说："不用不用，我有办法。再说，那些太太们哪是用笔的人？"泪水在眼眶里打转，她逃一样离去。都说赌是无底洞，比嫖还要无药可救，可她不仅要赌，还必须赌输……她拿出自己所剩无几的首饰，加上手头仅有的现钞，穿上刚洗熨的旗袍，装作春风满面地出了门。

"金钱能使卑下的人身败名裂，而使高尚的人胆壮心雄。"林语堂的《有不为斋随笔》中有此一说。而此时我的祖母，于中可以调配的金钱捉襟见肘，不知凭什么还能胆壮心雄，但她必须悠然自在地出现在他人面前，脸不变色心不跳地推牌九，推出一副副必输的牌九，这就是她的重要任务，她的使命。

所幸，这晚的牌桌战时间不长，她输得不多。谭老爷来了，一起来的还有那位陈先生。这位太太们口中的陈先生来头不小，连四姨太都要仰慕。大家一起吃夜宵时，四姨太挑起话题："政府刚刚捉了书生，现在又捉赤脚造反佬，牢房都不够。都说秀才造反三年不成，我看抓文人最笨，政府贴本供饭，啥意思？放掉算了。"

陈先生朝谭老爷笑笑："你家四姨太蛮有水平，可以考虑！"

汤彩霞回来就向丈夫报告，"诗人"出狱有望。冯国柱听了自是松口气，但他没有告诉妻子，陈先生就是"老桥"，是同情共产党的国民党"左"派。

对我祖父祖母他们这些行动，我父亲这样理解：地下党组织显然不能参与党的各种公开行动，像暴动这样的事，弄不好就是把自己送上门去，任敌人宰割。而情报工作，是最让敌人害怕的定时炸弹。这定时炸弹绝对不能被无价值地引爆。

第四章

一

最危急时刻，舍生而取义也

筑梦人
——我的祖父祖母

2019 年 10 月 11 日，一个桂子飘香的季节，我从杭城出发赶去江阴，带着一种急迫感，去追溯流逝的时光。一早出门，一路地忐忑。从未见过的百岁老翁，犹如天兵天将神现，这是一种什么机缘，奇迹般地让我找到了他？带上美丽的鲜花，带上家族的期盼，在约定的时间里，我见到了百岁老兵张惜晨爷爷。

一切仿佛在梦境，由子女陪同的张爷爷，不用搀扶，稳健严肃地落座在方桌旁。有如对接头暗号，他向我抛出一个个问题。

"你老家在德清？祖父叫什么名字？"

我回答："祖父是绍兴人，德清人大都叫他冯老三，他在兄弟中排行第三。"

张爷爷没吭声，我赶紧补充："他还有一个官名，叫冯文治。"

张爷爷还是没有吭声，我急了，又说："也有叫他冯国治的。"

看我写出来的字，张爷爷依旧没多大反应，我嘀咕，是否地方语和普通话的区别，造成字与音无法统一，让张爷爷生疑。

"汤彩霞是你家什么人？"

我回答："我祖母。"

"冯美玉呢？"

"我大姑妈。"紧急着我又补充，"她还有个正式名字叫冯连城，意为价值连城。"

"你爷爷开的照相馆和牙科诊所叫什么名字？"

我回答："天生。天生照相馆，天生牙科诊所。"

忽然，张爷爷轻拍了下桌子，说声"是了"，泪水夺眶而出，"你的爷爷叫冯国柱！"他拿过我手中的笔，端端正正地写出。

"治"和"柱"在德清方言中同音，我父亲他们还没有张爷爷清楚，愣是让我也跟着犯错误，把"柱"写成"治"。

"那时我就住在你祖父他们家里，务前街53号。"张爷爷哽咽着，"他们，他们都去了哪里？"

望着泪流满面的张爷爷，我失声痛哭："爷爷，爷爷，我终于找到您了！"

我从未见过我的祖父，对于有关他们的故事，曾经的我，是那么的满不在乎。半个多世纪过去了，我的老父亲也已作古，我这才突然幡悟，决意去追寻，去寻觅家族先贤的足迹，呈现那段漫长的历史，对那些默默无闻的先驱者、革命者和普通战士的牺牲精神，对他们于信仰的忠诚，致以崇高的敬意。是的，我必须仰望他们。

同行的有表妹吕萍，我们曾说好，此行只是看望老人，千万不要打搅了百岁老人平静的生活。出乎意料的是，百岁老兵张爷爷除了身体非常健康，而且记忆超强、思路清晰——他从未停止过对老战友的思念，当记忆的闸门一打开，他就一桩桩一件件地讲起，激动处他流泪哽咽，一旁的儿女们劝慰着，我也赶紧让泪流不止的自己平静下来。

随着张爷爷的讲述，我所听到过的祖父祖母和他弟兄及战友的故事，在张爷爷的故事中得到了吻合和衔接，继而清晰地在脑海中映出……张爷爷填补了不少我不知晓的空白。他的讲述中有个关键人物，这就是冯国屏（酆坚），也就是这个姓名，把我引导到张爷爷这里。

入夜，张爷爷让儿女在餐馆准备了丰盛的晚宴，儿女说他的离休生活非常丰富，平时下棋赋诗集邮，在一帮老干部中属于活跃人士。

抗战老兵，知识分子，热爱生活的人，这些身份就那么自然熨帖地集中在老人身上，呈现出多彩的人生。我想，假如我祖父他们还在，应该也是过着这样的生活，而他们那时所做的就是为了人人都有好时光。

誓死不当亡国之奴

时光倒回到1931年。

九月的江南，夏季的暑气还未全部消散，河水是温热的，小火轮驶过的河面上，时而会出现一条条晃眼的油带，随之而来便是令人不适的气味。此时发生了"九一八"事变——1931年9月18日，驻中国东北地区关东军突袭沈阳，侵占东北。日本帝国主义企图以武力征服中国的野心，终于彻底暴露，震惊中外。

消息传到德清，大街小巷喧哗声一片，各界群众强烈愤慨，年轻人喊出"从军打倭寇"的声音震彻天宇。随着抗日救亡呼声日益高涨，抗日演讲团、抗日救亡团体，纷纷走上街头，号召民众奋力抗日。如何发起或参与抗日救亡运动？地下组织需要明确思路。

几天后，冯国柱乘坐夜航船匆匆赶至上海。上午去了娘舅章锡琛那里，见他正忙着抗日救亡的事宜，两人匆匆谈了几句，他就被人叫走。章家人留冯国柱吃中饭，讲了上海的一些情况。

"九一八"事变后，上海数万工人举行了抗日救亡大会，通过了对日宣战等决议案。三万多名码头工人，举行反日大罢工，拒绝为日本船只装货卸物。接着，上海23家日商纱厂成立日商纱厂工人抗日救国会，号召广大工人不替日本资本家做工。随后，上海八十多万工人组织了抗日救国会，各厂工人也纷纷组织抗日义勇军，派代表去南京要求国民党政府发枪开赴东北抗日。

"九一八"事变，是日本帝国主义侵华的开端，也揭开了第二次世界大战东方战场的序幕。作为潜伏江南腹地的中共地下组织，是依然"潜龙勿用"，还是"见龙在田"，积极参与到抗日救亡的群众运动中去？冯国柱需要领袖人物的启示。金先生是他最信任的人，他的点拨往往使他格局大开。

他来到静安寺路凯司令饭店，这是上海首家中国人经营的西食店，也是他和金先生的多次接头地点。进入安静的西餐厅，他给金先生要了份西点，自己点了杯咖啡。金先生来了，他戴了顶文明帽，遮住了大半个脸，摘下帽子后，露出了满头的银丝。冯国柱差点没认出来，他慌忙起身，恭迎他的导师。

"你看，我稍稍换了个行头（着装），你就把我当陌生人了，功夫还没有练到家啊！"金先生微笑着说，"书生，还是书生。好，火追刀赶的日脚还在后面，是书生，也是硬汉，这就是先驱者的本色！"

学生面有愧色地朝先生点头："让老师费心了！"

老师喝了口咖啡，让学生先讲讲德清的情况。

听学生说完，金先生环视一下四周，确定周围没有其他人——这个处于角落的座位，别人几乎也看不到他们。他开始讲，中国共产党领导的减租减息运动，使得广大农民获得了物质利益，根据地的群众基础得以加强，蒋介石三次对中央苏区的大规模围剿均告失败。现在，日本侵略者的罪行，再次唤起民众觉醒，到处是"停止内战，一致对外"的呼声，全国各界迅速形成抗日救亡的群众运动。9月20日，北京大学学生会向国民党政府发出电报，呼吁"速息内战一致抗日"，上海、北平、南京、天津、杭州、太原、长沙、西安、开封、广州、福州、武汉、南昌等地的大中学生，纷纷走上街头，建立抗日团体，要求国民党政府停止内战，一致对外，武装民众，出兵抗日。

在国民党统治区域的中共地下组织如何参与？金先生取过面前的西点，用刀叉慢慢切开一只有馅的小包："你看，这里面竟然有金华火腿粒，这是中国人的食品，包裹它的却是西式面皮，但符合国人口味……形式往往只是一个假象，或者就是一个混合体，关键在于内容，在于实际效果。接下来，打日军的各路好汉都会拉起队伍，而地下组织要继续隐蔽，尤其是精干人员，不要急性子，不要暴露。可能还要埋伏很长一段时期，以积蓄力量，等待时机。"

见学生已经领会，金先生又问起："上午去了章先生那里？"

"去了，娘舅还想他这个甥男能去广州开明书店做事。我只好说，德清的生意不错，舍不得放弃，再说父亲老了，也不想离开绍兴太远。娘舅想想也是，他肯定不会想到我是个共产党员。"

"章先生是个一身正气的好人，他乐于助人，面对刀枪同情共产党，为革命事业做了很多大事。"

冯国柱唯有点头，他真的也非常敬佩这位娘舅，想到他，心里就很温暖，唯一觉得对不住的就是，他无法违背组织纪律，把自己的真实身份告诉他。

金先生又说："你当年虽然没去日本留学，但学的日语就要派上用场了，以后与日寇周旋，这也是武器。"

"知道了。老师，你也要保重啊！"

这次与金先生分手后，隔了若干年，毛泽东对地下党的十六字方针"隐蔽精干、长期埋伏、积蓄力量、以待时机"和周恩来制定的"三勤"政策"勤学、勤业、勤交友"，在党内正式传达。冯国柱的地下工作马上改为单线联系，暂停发展党员，稳扎稳打地进行斗争和积蓄力量。"争取中间势力","孤立顽固势力,用以克服投降危险,争取时局好转"。

这十六字方针和"三勤"政策,保障了中共地下组织的安全,保存了革命的有生力量。几年间,地下党人长期隐蔽在群众中,广交朋友。他们以公开的职业为掩护,以润物细无声的方式来做统战工作。正如周恩来所说,"我们在白区进行斗争,一没有政权,二没有武装,经费也很少,我们依靠什么?就是依靠正确的路线、坚定的信仰、严密的组织、严明的秘密工作纪律、灵活机智的战略战术和群众的拥护,以及朋友的帮助才取得胜利的"。

1937 年 7 月 7 日夜,卢沟桥的日本驻军向宛平城和卢沟桥发动进攻。中国驻军第 29 军 37 师 219 团奋起还击,进行了顽强的抵抗……"七七事变"揭开了全民族抗日战争的序幕。

古镇小城不再平静,社会各界集会声讨,誓死抵抗日寇,不做亡国奴。小城的铁匠铺炉火昼夜不息,前来定制铁叉锄头镰刀的络绎不绝……有天,冯国雄也来到铁匠铺,与铁匠师傅切磋技艺。他那结实的身影,在炉火的映照下有了一种威仪感。他想拥有一支枪,不论这枪有多土,只要能打鬼子就行。他觉得铁匠师傅应该可以做枪,那些铁叉锄头镰刀怎么可能赶走侵略者?

望着熊熊的炉火,铁匠师傅有点恍惚,这些矮脚佬,这些日本关东军，就要跑进我们这个山清水秀的地方杀人放火？这还了得，他们就是强盗——"呼啦呼啦"的拉风箱声从未这么大，蓝色的火焰蹿起老高，冯国雄在火中钳起一块烧红的铁，自己试着叮叮当当敲开了。铁匠师傅知道，他想制一根枪管。

有人来叫大雄，说老板找。冯国雄放下锤子，重重地叹了口气，摇着头离去。铁匠师傅一直没有弄明白，冯家三兄弟，到底哪个是老板。冯老三说，是六弟冯国屏，六弟说自己只是一个管账的。大雄像是个跑外勤的，经常不见人。他不和两兄弟一起住，他与妻子孩儿住在孩儿桥那边，妻子比他小很多，是前妻去世后娶的，他叫她小妹。他的小妹几乎很少露面，更没到过铁匠铺。这绍兴来的三兄弟，很不简单，在这个陌生的他乡，竟也站住了脚跟。那位三阿嫂更是不得不叫街坊敬佩，她一口海宁硖石话，却与镇上几个官太太热络得邪气，出门进门以姐妹相称。都说衙门有人好办事，热心肠的三阿嫂总归也帮人做了不少事，所以整个镇上似乎无人不晓三阿嫂。虽说是县城，其实也只是一个小镇，也实在太小，除了弄堂里大墙门内的深宅大院，只要在街上开个店弄个啥社的，家里头的事往往被人家摸得一清二楚，但冯家有点神秘，尤其是那个务前街53号人来人往，南面北边的都有，照冯老三说法都是生意人。冯家兄弟能把德清这个地方当自己的家，自有路道，也是缘分。接下来，难道就要一起打鬼子了吗？

耿直豪爽且不失心细的铁匠师傅，叫家人晚上多备几斤老酒，他要叫冯老三来讲讲国家的事。日本鬼子已经侵占了大半个中国，古镇老百姓头上愁云密布，他们这些人的活路在哪里？

这是一个让人刻骨铭心的日子，11月5日，凌晨，大雾弥漫，海塘的潮水还没涨起，渔村的百姓像往常一样去海里收网捕鱼。可是微亮的天色中，赶早的渔民发现滩涂上黑压压一片，当看明白这是已经登陆的日军时，炸人的炮弹已是铺天盖地落下——日本第10军11万兵力从杭州湾登陆，直扑杭嘉湖地区。日军兵分两路，一路迂回松江，包抄上海；一路西侵湖州，进犯南京。杭嘉湖军民奋起反抗，在杭州湾北岸与太湖南走廊展开了激烈的阻击战。

秋天的鱼米之乡，在人民经过一季的播撒和耕种后，盼来了丰收的季节，人人期望着稻粮满仓、鱼虾满塘，但侵略者的铁蹄蹂躏了这块美丽的土地（曾有日本的报纸报道，称日军进入了"美丽的江南"）——11月中旬，南浔沦陷；24日，湖州失守。

11月22日入侵武康的日军，焚毁了全城2300多间房屋，只有9间幸免于难。

11月23日，德清县城沦陷——那天，农田里还有人放牛，有人割草，头顶忽然响起惊恐的轰鸣声。遮天蔽日的日军飞机，扔下一颗颗炸弹，一栋栋房屋着火倒塌，一个个活生生的人消失在火光烟雾中，被炸得四分五裂，骨肉难寻。百姓四处奔逃，在极大的恐惧中不是丢了孩子，就是不见了老人……一时间，古镇成了鬼哭狼嚎的空城，惊魂未定的人们只好躲到闭塞的乡下。

我的祖母汤彩霞携儿带女躲到了乡下的徒弟家，这时除了8岁的美玉，还有4岁的二女儿宝玉和不到1岁的幼子鸣玉（我的父亲）。我祖父冯国柱把妻儿安顿后，就匆匆离去。

日军很快追来，江南水乡到处是逃难的村民。日寇见人就杀，连酱园店的酱缸里都有死人的手足。据不完全统计，沦陷期间的德清，全县被日寇杀死3803人，被焚烧房屋10000多间。

日军以德清、武康、湖州、塘栖等地作为侵略据点，不时向各村镇进行扫荡，肆意烧杀、奸淫、掳掠，无恶不作。在京杭国道沿线的武康、上柏和三桥等处，日军设立了据点，德清县城乾元镇也很快有了日军的碉楼。

12月5日，南京沦陷，侵华日军在南京及附近地区，进行了长达6周的有组织有计划有预谋的大屠杀，奸淫、放火、抢劫等血腥暴行令世界震惊。南京大屠杀中大量平民及战俘被日军杀害，遇难人数超过30万。

古镇的百姓，接二连三地回到了自己的家。他们不能不回来，尽管这里已被侵略者占领，鬼子的刀枪对着他们，哪天一个不小心就会被夺命。但每个人心中，无不在呐喊：这是我的家，我们的家园……

"我生国亡，我死国存""死了我一个，还有后来人"，在江南大地，在中国的土地上，不愿做亡国奴的人们，一个个走向了战场。

国共进行了第二次合作，南方十三个地区的红军游击队改编为国民革命军新编第四军（简称新四军），至此，抗日民族统一战线正式形成。

德清县城务前街 53 号，成了抗战情报互享站，秘密锄奸谋划点，抗日战士隐蔽处……抗日军队的便衣军人，替代了之前的"生意人"，走马灯似的出入 53 号，整个宅院热闹而又紧张。幸亏对门 51 号许家就是调度航运的，有重要的船只，可停靠在许家小码头，安全又便捷，这也降低了他人对 53 号的关注度。

侵略军的造孽，使美丽的人间天堂瞬间成地狱。日寇汽艇常出没在德清雷甸插花荡这一带疯狂扫荡，1938 年农历正月，抗日军队 79 师进驻这里。这天，抗日军队派出十多人的便衣战士，在天灯堂伏击日寇汽艇。几天后，日寇大肆烧杀抢掠，下舍乡有 120 多间房屋被烧，10 多人被枪杀；在下舍南港村的周家兜、中埭郎和总管桥等 11 个地方，烧毁房屋 300 多间，南港村有 48 人被枪杀或砍头；在金家湾村的轧米桥、贾家里、孙家埭、周家里等地，烧毁房屋 100 间，枪杀 3 人；在安全村的笠帽桥、宣家桥等地，烧毁房屋 80 多间，枪杀 2 人……3 月 26 日，日军更是制造了"火烧龙溪百里惨案"。千余名日军分南北两路，沿龙溪两岸烧杀 100 余里，所到之处一片火海，血流成河。仅德清县境内沿龙溪两岸就有 110 个村庄被毁，7799 间民房被焚，

585 名村民被杀。

日寇的暴行仍在继续，同年农历六月二十三日，钟管乡上坝农民谈金宝等 4 人，到杭州去买秧苗，经过雷甸白云桥，碰上从杭州开来的日寇快艇，被抓走后即遭杀害……驻扎在德清县城的日本兵，动不动就闯进民宅抢"花姑娘"，找不到花姑娘，就砍刺屋里的人，如发现有抗日军队士兵的影子，就又是一场腥风血雨……侵略者的疯狂暴行，激起中国人民更大的反击。我祖父的大哥冯国雄真的背上了枪，和战友们活跃在武康、庾村、洛舍等德清县的山区和水乡……一支支重要的抗日力量，在形成，在发展。

1939 年春，中共中央革命军事委员会副主席、中共南方局书记周恩来，以国民政府军事委员会政治部副部长的公开身份，从陪都重庆来到浙江前哨视察。他广泛接触各阶层人士，开展抗日宣传和统战工作。3 月 17 日，他抵达西天目山浙西行署，与浙江省政府主席黄绍竑会晤洽谈，共商抗日大计。在禅源寺浙西临时中学，周恩来发表演讲，称赞浙江是东南战场的先锋，号召全体人员团结抗战，收复杭嘉湖，保卫大浙江。他那极富感召力的讲话，鼓舞了士气，浙江的抗日民族统一战线，得到巩固和发展。

我的祖父，以一个小商人的身份，奔走在抗战路上，开始了战地情报的收集工作。

坚信中国不会灭亡

抗日战士冯国雄在途中遭遇了日军。尽管他身着便衣，但如被日寇抓住，身上的情报和伤口绝对藏不住。熟悉地形的他，跑进了一条曲里拐弯的弄堂。鬼子却紧追不放，还咿里哇啦地疯嚎。

正是傍晚时分，天生照相馆将要打烊。六弟冯文瑞锁上柜子，要去摄影棚查看同事有无遗漏事项。突然，照相馆中间的门被打开，有人闪了进来。是大哥，他速疾背转身拴上门，急语："小弟，我被日本佬盯上了。你把情报尽快交给三哥！"他边说边把一根金属小圆管交到六弟手上，"我马上从后门出去，把日本佬引开！"说完他就跑进里面的烧饭间，从后窗翻了出去。接着，鬼子的嚎叫声从那个方向传了过来。

冯文瑞握紧手中的小圆管，心脏狂跳不已：大哥啊大哥，千万千万别被日本佬抓住，我就一个大哥啊！

不知过了多久，鬼子的嚎叫声消失，四周寂静下来，冯文瑞已是一身冷汗。他松开手掌，小圆管安然无恙，情报就在里面，他得马上赶去 53 号，把它交给三哥。

未料，外面一阵咣咣作响，日寇竟然开始砸照相馆大门，把门两边的两排玻璃橱窗都砸破了。"开门，太君要进去抓人！"喊话的不知是翻译还是伪军，似在提醒屋里的人能逃则逃。

冯文瑞又惊又怕，自己被抓走，情报怎么办？放哪里都不安全，三哥也找不到它啊！日军又在嚷，他必须开门。脑子几乎一片空白的他，下意识地把小管子塞进了账桌上的笔筒里，那里已有几个空的胶卷盒。

转眼门被砸开，日本兵冲进来四处找寻。冯文瑞想，大哥应该跑脱了，否则，他们不会又到处找。日本兵冲上楼去，这让冯文瑞的心提到了嗓子眼——冲洗相片的暗房里，会不会留有哥哥他们还未来得及处理的东西？万一被查到……他的身子僵硬了，但手臂却无比灵活地把账桌上的陶瓷瓶扫落在地，"咣当"声响震耳，楼上的日寇复冲下楼。

日寇虎视眈眈地盯住他，他不声响，而是弯腰捡起被同时扫落的鸡毛掸子。日寇的刺刀对准了他。他想，这个"烧光杀光抢光"的三光恶行今天就要落到头上了，怕也没用，只是要紧的情报还没有送出，怎么办？

鬼子嚷叫着，翻译叽里咕噜说起"良民证"之类的话，大概是在解释日军要中国老百姓办什么"良民证"，上面需要照片，这一带的老百姓，必须到天生照相馆来拍照，除此，还找不出第二家。

日寇上下打量细瘦文弱的冯文瑞，权衡再三后，骂骂咧咧地扬长而去。

冯文瑞急忙从笔筒取出情报，放入内衣密袋急着送出。可匆忙中，打碎的门窗玻璃划破了他的手，鲜血止不住地流。他返回屋中，用一块小毛巾做了简单包扎，也不顾疼痛，火急火燎地往家赶。

家里，三哥还没回来，他把情报交给了三嫂，就推说肚子不饿，去自己屋里睡了。后半夜，三哥回来进屋看他，发现他脸颊通红，似在发烧，才知他被破玻璃伤得不轻。但紧急情报必须马上送给抗日军队，三哥要妻子随时观察六弟的病情，又消失在漆黑的夜幕中。

一连几天，冯文瑞高烧不退，他的伤口在发炎，进而转成败血症。他时不时陷入昏迷。汤彩霞请来当地有名望的中西医，几个医生见状都只有摇头。冯国柱开始设法找老大，希望两个哥哥可以给小弟想出救命的办法，或者把他送去上海的大医院救治。可恨的是日寇掠夺了所有的小火轮，河道上尽是他们的巡逻艇，无论去杭州还是去上海，水路陆路都有他们的关卡……日子一天天过去，还没等来大哥冯国雄，冯文瑞已经支撑不下去。

一个淅淅沥沥阴雨连绵的日子，冯文瑞陷入了深度昏迷。绝望中，三哥和三嫂还是不放弃地轻声呼喊着他，直到亮灯时分，他张开了眼睛，望着面前痛苦万分的三哥,断断续续地说:"三哥，我要去了……没法再帮你们了……你和大哥都要好好的……"他突然瞪大眼睛，像要寻找什么，瞬间空气仿佛凝固了，当三哥三嫂反应过来，冯文瑞已经紧紧地合上了双眼。

他是不情愿的，他不情愿这么早就离开了人世。要是没有侵略者，没有侵略者造的孽，柔弱的他还可以强壮起来，善良的他还可以做更多的好事，聪慧的他还可以书写美好的明天……

三哥终于抑制不住，用毛巾捂着嘴大哭："小弟啊，小弟，我们没有保护好你，我对不起爹爹姆妈，小弟，小弟……"

六弟冯文瑞，不，冯国屏，被放进了棺木。他回不了老家绍兴，只能躺在冰凉的宁（波）绍（兴）会馆，等待回家的那一天。可是，谁都不知道，德清的宁绍会馆最后是怎么消失的，他的魂最终有无返抵故乡。

大哥冯国雄终于来了，夜色中，借着微弱的星光，他来到小南门外金湾坝西南面，潜入了宁绍会馆，找到了小弟的棺椁。他抱着棺椁，呜咽不止，小弟啊小弟，大哥来了，大哥对不起你啊！大哥这辈子只有用命去交代，去抗争，我生国亡，我死国存，小弟，你听到了吗？你先走一步，大哥很快会去找你的……

张惜晨爷爷知道冯国屏是鄞坚的化名，也是冯国柱六弟冯文瑞的名字。但他不是很清楚，鄞坚和冯文瑞到底谁先用了"冯国屏"这个名字。依据我的调查，在沪上鄞坚和我祖父早已结拜兄弟，为明志，也为地下工作需要，他俩改了名，接着，冯文雄跟着三弟改名冯国雄，后冯文瑞到了德清，为了三兄弟的名字不引起他人猜测，我祖父就把冯国屏的名字安到了小弟头上。这既是一个障眼法，也可说他在想念上海的冯国屏（鄞坚），但他没有料到的是，六弟会这样离世，后来，上海的冯国屏真的来了德清……

1941 年皖南事变后，国民党顽固派开始疯狂逮捕共产党人，共产党组织遭受极大损失。在日、伪、顽的白色恐怖下，共产党各级党组织实行了"隐蔽精干、长期埋伏、积蓄力量、以待时机"的方针。打鬼子的队伍不再公开行动后，转入更加艰难的地下游击战。为了掩护三弟，冯国雄几乎不再去务前街53号，也极少回家。

我在德清档案馆查到这样一段记录：1941年底，时任中共德清县委书记的何坚白接特委通知调任。走前，他根据上级意图，交代各级党组织：我们走后，你们做些调查情况，做交朋友工作，不要再发展党员，不要开党支部会或党小组会，以后组织会派人来联系的……此后，武德地区党组织除洛舍划由洲泉中心区委领导，其余均失去联系，停止组织活动。

每次见我的堂姑冯润玉，她总要问我，她的父亲——冯国雄到底牺牲在哪里？她最后一次见到她的父亲时，才八岁。如今86岁的她（比冯连方小几个月），最大的愿望就是把父亲接回家。

她记得约1942年，她母亲赵全珍带着八岁的她和三岁的弟弟，从绍兴来到德清，住在县城中心小学对面的一个二层老屋。她父亲冯国雄在绍兴的名字叫冯文雄，也有人叫他冯阿大。全家人很少见到他，到了德清也是这样，即使见了，也常在夜里。

不久，母亲又赶回绍兴处理家务，就由冯润玉带着弟弟暂守德清家中。常常是到半夜三更父亲才来，跟他一起的还有其他叔叔，他们一色的对襟短褂，腿上缠着绑带，身上挎个布包，脚穿草鞋；他们睡觉都抱着枪，轻声说话，动作迅捷——这样的形象，直到后来冯润玉在电影电视中再次见到时，才确定，他们就是英勇的抗日军人。

有天夜里，冯国雄带来八九个穿草鞋拿枪的抗日军人，在他家地上铺层稻草，住了一晚，次日凌晨就悄无声息地离开了。接着，冯国雄就带儿女马上又搬家，以防消息外露日伪来抓人。他再三嘱咐女儿带好小弟，之后又匆匆离去。

姐弟俩不敢随便出门，只好靠三婶（汤彩霞）送来吃的。三婶那里有美玉、宝玉、鸣玉三个孩子，本来应该可以住在一起，但那里人来人往目标太大，潜在风险很多，一旦出现状况，孩子们就是瓮中之鳖，完全可被一网打尽。

孩子们必须分开住，以防万一。经常忙得脱不开身的三婶，万不得已时，只能让美玉（冯连城）偷偷跑一两趟，这要冒极大的风险，万一不幸碰上日本佬，一个十二三岁的小姑娘，还能逃脱？好在美玉聪明伶俐，会在长长的弄堂里七拐八拐，神不知鬼不觉地把吃的用的送到润玉他们这里……孩子们不敢大声说话，不敢嬉闹。那时的土灶台很高，孩子们要上灶热吃的，脚下还得垫个矮凳。

"我们的童年真叫苦，大人都顾不上我们。"冯润玉说着说着就要抹泪，而最让她伤心无奈的是，父亲被日军打伤、回家匆匆见了一面后，一家人就再也没有相聚。

那是母亲带他们去了海盐娘家后的事——又是夜里，她听到了父亲的声音，赶紧跑到父母房里。眼见得父亲疲惫至极，最令她心惊肉跳的是，父亲的胳膊上有个血糊糊的洞，母亲正在给他包扎。

"爹爹被日本兵打伤了，要在家里养伤的。"她希望父亲再也不要离开。

"他同日本佬拼命，哪里还顾得上养伤！"母女俩很是伤心，却不敢哭出声，父亲要他们保密，否则，家人都会性命不保。

受了伤的冯国雄，在海盐只住了一夜，又匆匆离去。此一别，便是天上人间，家人再也没有见到过他。

后来，冯润玉想父亲时，母亲就说他在外面教书。是的，冯国雄在绍兴曾是小学校长，说他又去哪里教书，这是最合适不过了。如果说他在打东洋兵，家人就要被日伪抓去，必遭殃。

冯润玉的弟妹先后被亲戚带走，一家人分散到几处。

自己的父亲到底是哪年哪月参加了新四军，冯润玉完全没有概念。我父亲和姑妈只记得他们的大爹在军容整肃的新四军队列中，佩戴着手枪，步伐铿锵地进入德清县城乾元镇，那天，新四军解放了德清……但讲到大雄参加新四军的具体年份，他们的记忆是模糊的。

抱着瞎猫碰死老鼠的心态，我先后到了上海新四军历史研究会、浙江新四军历史研究会、湖州新四军历史研究会……翻开那些资料，查找我祖父大哥的姓名，其中有一本里面有牺牲人员名单，我一下振作起来，看了一遍又一遍，却找不到"大雄"。原来，这个名单是团级以上的牺牲军官。我只能轻轻合上。从时间等方面推测，我祖父的大哥应该没到团以上级别。

冯国雄是和冯国屏（酆坚）一起跟新四军走的，现在只有酆坚的信函中提到，冯国雄和他一起跟新四军到过江北，而这已是1945年6月新四军撤离德清后的事了……在张惜晨爷爷的记忆中，几乎没怎么见过冯国雄，唯一那次该是冯国雄随新四军进县城后。

智勇逃脱日军魔爪

压着仇恨和悲伤的务前街53号，表面上仍然热热闹闹高朋满座。

冯鸣玉的大姐冯美玉出落得亭亭玉立，漂亮活泼，冯鸣玉也六岁了，喜欢安静地念书写字。来来往往的大人看到他们，不是摸摸他们的脑袋，就是翻翻他们的书，有的还会给他们讲故事，出几个题考考他们。

有位叔叔，教鸣玉写毛笔字。写着写着就问他："你们家的店为什么都取名天生？"

冯鸣玉装模作样起来："唐代大诗人李白，有诗《将进酒》，'君不见，黄河之水天上来，奔流到海不复回。君不见，高堂明镜悲白发，朝如青丝暮成雪……天生我材必有用，千金散尽还复来。'为什么取名'天生',叔叔,这下知道了吧!"

这位叔叔拍了拍脑袋,嘿嘿笑了:"你这个小东西,肚子里的墨水不少了喔!"

能得到父亲朋友的夸赞,是孩子们最快乐的事。不过,他们和别家孩子不一样的是,那种谨慎和警觉,似乎与生俱来。如有人问起,他们家为什么有这么多客人时,他们就会异口同声地回答:做生意呗,人来得多,才有生意做啊!同龄人中,他们对挣钱的概念似乎更强烈些:更多的钱可以做更多的事,没钱,爹爹姆妈会急死的。他们养成了习惯,家里大人说话时,会离得远远的;爹爹姆妈一个眼色,他们就会拿起小凳子,跑到大门口玩,当发现有陌生人来,他们就会大声说话,用那种带有密码基因的叽叽喳喳,向父母发出警示。

这年的端午节,汤彩霞和厨工一起裹了很多粽子,有肉馅的、豆沙的、枣子的,包成三角粽、长枕粽,统统放进一只大锅,煮了一晚上。她告诉孩子,要让那些叔叔们过个欢欢乐乐的端午节。节前那天下午,冯老三还给儿子讲了屈原的故事,要他背诵屈原的《离骚》。晚饭时,他答应几个孩子,明天端午节,带他们去长桥头看苕溪河上的赛龙船。

第二天一早,几个孩子快快起床,找父亲带他们去看龙舟赛。可房里房外地没见到父亲,而且那几位叔叔也不见了。厅堂里冷冷清清,厨房做好的鸡鸭鱼肉也无人问津。汤彩霞告诉孩子,爹爹与叔叔们昨夜就出门了,说要到中午才能回来。

对爹爹他们的行踪不定，孩子们早已习惯，他们只是巴望厅里的自鸣钟快点跑，爹爹可以早点回。于是他们开始吃粽子。突然，只见爹爹的徒弟急冲冲蹦进来，气喘吁吁地说："快跑快跑，日本佬来了，快要冲进来了！"

汤彩霞赶紧拉上儿女往后厅奔去。后厅住着一对母女，紧急中帮助他们从窗口翻爬出去，隔墙，又是一大户人家。这家的主人与冯家也是朋友，很快把他们藏了起来。

鬼子兵闯进了53号大院，却不见这家主人。厨房那么多粽子和美味佳肴，以及满坛的黄酒，正中下怀，一帮强盗无所顾忌地大吃大喝起来。

谁都不明白，到底是哪个向日军告密使53号险遭不测的？也有可能是几个小鬼子兽性大发，趁中国民节出来打劫，而古镇的大小弄堂数不清，小撮鬼子在觉得前路不明时，不敢往深处窜。于是，汤彩霞和孩子们躲过一劫。

当晚，地下党人员护送冯老三一家出城。汤彩霞带着大女儿出东城门前往塘栖，然后到她娘家硖石镇。冯老三带着他的二女儿和幼子到上柏，从这里去往莫干山，一位山民用箩筐挑着两个孩子上山，他断后。他们住进了一户汪姓人家。山里的生活是艰苦的，可汪家人待他们如亲人，把家中最好的拿出来招待他们。汪家的奶奶每天做草鞋，把草鞋挑到镇上卖掉后，就买豆沙腰子饼给他们吃。

一个月后，他们下山，孩子们由汤彩霞接去硖石。

不久，担心连累妻子娘家的冯老三，把妻儿接到了杭州劳动路的一个老墙门里，这是他父亲至交的旧屋。他依然无法陪伴家人，依然在天黑以后，突然回家与妻子匆匆交代一番就又离去。

在绍兴被称为开明人士的冯泽山，知道老三一家的情况后，经济上给予了他们更多支持。不想他突然中风去世，大家族很快分崩离析，汤彩霞和孩子们的日子一下陷入困境，每天只能以六谷粉做成的稀糊充饥。带着孩子深居简出的她，只盼着丈夫能平安回来，盼着自己的队伍解放全中国。

冯国柱冯老三在不懈地继续抗日斗争。家人估计他又潜行到了德清，或者又去了上海。

他真的去了上海，但没有去找金先生，只怕自己的身份已经暴露，会连累老师。他想见娘舅，可开明书店在"八一三"事变中，已被日军几乎完全炸毁，被炸毁的还有商务印书馆等这样大规模的出版机构，东方图书馆也一起被焚毁，馆内藏有的数百万卷书籍资料，包括"涵芬楼"所藏10多万册宋版、元版的珍贵古籍图书和乾隆年间缮写的四库全书，不是被炸毁焚烧，就是被日军劫掠。想到这些，他就痛心疾首，国仇家恨，不报待何时！

娘舅章锡琛，一方面抵制侵略者的文化侵略，另一方面积极利用各种条件，支援大后方出版进步书刊。上海沦陷后，日军查封书店，强令开明书店充当宣传"大东亚共荣"的工具。开明同人一致拒绝，出版工作就此停顿。对留沪作家和朋友及同人中生活困苦的，章锡琛派人送去生活费，以解燃眉之急，共渡难关。冯国柱深知娘舅的刚强和不易，他这次来，还是想听听他对抗战的一些高见。章锡琛并非读死书的书虫，知识渊博的他，对各方面局势都有自己的独见。眼下，日寇对鱼米之乡的死守严防，使抗战更为艰难。为了冲破一道道关卡，消灭一个个敌人，我们已牺牲太多太多的战士和进步群众。怎样才能减少牺牲，才能消灭更多的侵略者？或许，他会讲出个门道；或许，他已经知道甥男的共产党员身份，智慧的他只是不予点破。

他没有马上进入娘舅家，而是先确定身后有没有"尾巴"。他不紧不慢地走在去向娘舅家的那条街上，然而，娘舅家的周围似已有了可疑的货色——娘舅被日伪监视？机灵的娘舅应该不会遭日寇毒手吧！

带着各种疑问，带着对娘舅和金先生的牵挂，一天米水未进的冯国柱，只得再次离开上海。

黄埔江畔又响起钟声，望一眼依然矗立着的钟楼，他脚下的步伐快速而坚定，心中反复念叨："胜利，胜利，一定要胜利！"

国破山河在，国难健儿生，只要还高昂着头颅，这个民族就还有希望！

他反复分析判断局势后，回杭州把藏匿数月的妻儿又带回德清。他认为自己的真实身份没有暴露，德清仍然是他们战斗和生活的地方。如不回去，前功尽弃，如何向组织交代？

他们先住在镶牙社楼上，靠镶牙社的收入维持生活。家人更少见到冯国柱了，难得在晚上匆匆一见，就又眼睁睁看他疾步而去。

有段时间，冯国柱让家人多吃山薯、芋头之类杂粮，有客人的时候才吃白米饭。孩子们已习惯饥饱不均的苦日子，只要能填饱肚子，吃什么都不在乎了。当看到大人把白米饭给客人吃，自己偷偷吃山芋时，他们就知道雪白的大米已经非常金贵了。

他们知道，新四军战士有时几天都吃不上饭，只能以竹笋野菜等充饥。严重的营养不良，极大地影响了部队的战斗力。而长期在日军铁蹄蹂躏下的江南人民，也是食不果腹衣不遮体，可广大人民群众在各区、县抗日民主政府的组织领导下，纷纷行动起来，想尽一切办法筹粮支前。此时的冯老三，不仅和他的战友悄没声响地筹粮运粮，组织群众肩挑手拉、翻山越岭地把大米送到前线，还要保证信息畅通，情报可靠，并及时送出情报……

几乎很难想象，在那样一种环境下，我祖父他们是如何完成必须完成的任务，又经受了多大的磨难啊！

一家人回到务前街 53 号不久，一天，我祖父早早回家，催我祖母尽快收拾一下。一会儿，我祖母又催儿子早早睡，说，明日去上海玩。儿子乐得一晚上都做梦，梦中已经在大上海玩疯了。

次日黎明，我祖母汤彩霞给还在睡梦中的儿子穿上了衣服。我祖父冯国柱背起儿子，悄没声地上了船。夫妻俩带了小儿先到杭州，由杭州再到上海。他们住在静安寺路的朋友家中。一连几天，只有母亲带儿子到城隍庙等处走走，买点茴香豆什么的，父亲并没有陪他们母子俩出去玩。已经有点懂事的鸣玉，从父母的谈话中，隐约听出他们好像还有什么重大的事，父亲不是去医院看他的金先生，就是去看什么货船。他们回去难道要乘货船？小男孩鸣玉不乐意了，他问父亲："你说带我们来上海玩，怎么总是不和我们一起出去？我们还没有玩呢，就要坐船回去了吗？"

儿子可怜兮兮的样子，让做爹的有点于心不忍，他认真地告诉儿子，等忙完了大事，就陪他们去逛上海的大马路。

直到离开上海的那日傍晚，他才带着母子俩出门，但不是去逛马路，也不是去大舞台看戏，而是去他老师家吃晚饭。

他让儿子给金爷爷行跪礼，乐得金先生赶紧笑道"免礼免礼"。金先生问孩子，长大了愿不愿跟他学医。孩子回答说，这得听爹爹的。金先生说这孩子拎得清。冯国柱说有点像爹木戆戆。师生俩开怀大笑。欢声笑语间，有人过来轻声告诉金先生：货已上船。

当晚，冯国柱就带妻儿匆匆离开了上海。到了杭州，他与妻儿分手，去接应那装药品的货船，再万无一失地运送给新四军。

在回德清的路上，汤彩霞一再悄悄叮嘱儿子，到了德清一定要说爹爹陪着天天玩，上海真是好玩呀！

冯鸣玉生气归生气，但父母的话岂敢不听？况且自他懂事后，家里大人的那种交流气场，已经让幼小的他提前知道了许多东西，不需大人解释，自是晓得轻重。所以，母亲等他长大后才告诉他这次去上海的目的（为新四军购置西药）时，他早已明白个八九不离十。他知道，他和母亲既是父亲这次行动的烟雾弹，也有金先生想看看冯国柱宝贝儿子的意思。

此次置备药品的上海之行，也让金先生留在了冯鸣玉的记忆中。但之后，他却再也没有见到过金先生。

这应该是天气还比较寒凉的季节，冯鸣玉记得母亲给他加厚了衣服，还说，那些打东洋兵的战士没有像样的衣服穿，碰到天冷更苦了。冯鸣玉突然想起大伯，问母亲，母亲却当作没听见，只是告诫他，碰到有人打听他家人的事，只管说"不知道"，或者回答人家做生意去了，去很远很远的地方。

冯鸣玉是我父亲最早的姓名，按理，他属于家族中连字辈，但就我所知，他的名字中没有像两个姐姐那样有个"连"字，后来他自己把名字改为冯翔，直至去世。生于1937年的他，对抗战后期的生活已有印象，亲历和目睹了家中的一些事情。

刚记事时，冯鸣玉只知道家里进进出出的人很多，有的就跟他们住在一起。那些教他写字画画的伯伯叔叔，穿着朴素，精神头却个个十足……爹爹冯国柱经常不在家，等他懂事后，母亲告诉他，他们要跑遍各个乡镇，利用各种力量解救被伪政府抓去的共产党员及进步人士；深入日寇碉楼刺探情报，并将情报及时送出；指导乡民抢收粮食安全藏匿（粮食攸关抗战的前途命运），与日本佬捉迷藏……他们有着做不完的事体，吃不尽的苦头。为了啥？为了自己的家园啊！

日本兵打进德清时，冯鸣玉还不到一岁，到1943年，他对身边发生的一些事已经印象深刻，而他的耳朵就像装了扩声器，把父母亲之间的悄悄话一字不差地收入其中。这年的12月，他听他俩在讲当天的什么新闻，隐隐约约听清了一个词"开明书店"。事后，父亲才告诉家人怎么回事。

原来，1943年12月15日的凌晨，我祖父的娘舅章锡琛被日军抓走，生死未卜。和章锡琛一起被抓的还有夏丏尊等39名上海文化界人士。我祖父很想去上海打探更多消息，他和我祖母商量，怎样才能去看一下娘舅，探视章家情况；他们与米行王老板商量，借口送大米去上海……但王老板的方案还未出来，十天后章锡琛和夏丏尊获释。所幸他们的被捕震动了文化出版界，上海各方给予了全力营救。出狱后，章锡琛写诗明志："要为乾坤扶正气，枉将口舌折侏儒。"

之后，我祖父去上海，了解到了娘舅被抓的情形，回家就讲给孩子们听：狱中第一天，章锡琛和夏丏尊午饭时碰上，此时的章锡琛正在拣饭中的小石粒。他趴在地上，眼镜贴着地面，一旁铺着手帕。夏丏尊看了，在一旁发呆。章锡琛问他，为什么不吃饭。夏丏尊说，饭里都是小石粒，吃了也是个死，不如饿死。章锡琛把自己手中拣好的那碗递给他，说，肚子要填饱，还有重任在身，必要时得向内地转移，这条命不能自由支配。夏丏尊觉得章锡琛说得有理，答道，我自己会拣，我眼睛比你好，你鼻子上都粘着饭粒，看了叫人哭笑不得。章锡琛被提审 5 次，日本军佐问："你们是怎么抗日的？"章锡琛答："不懂你什么意思。"日本军佐："难道像你章先生这样的有学问有地位的人，会不懂'抗日'两字的意思吗？"章锡琛："你如果一定要我解释，这很容易。'抗日'的'抗'字，在汉语有两层意思，一是抵抗的抗，比如外人来侵略，中华民族一定要奋起抵抗，击败侵略者；第二层意思是反抗的抗，比如外国人压迫中国人，中国人民一定会团结起来反抗压迫者。"

审问夏丏尊时，因夏丏尊曾留学日本，日寇要求他以日语回答。但夏丏尊朗声说："我是中国人，我说中国话。你们有翻译人员，翻译就是了。"

在这生死关头，两位先生仍保持了爱国知识分子的坚贞气节，将中国知识分子的民族气概，发挥得淋漓尽致。

有这样的先生，有这么多抗日勇士，中国不会亡。冯鸣玉的懂事，就是从这样的教育中开始。

之后，他慢慢感觉到父亲他们神秘行动的意义。

　　让我祖父顿觉力量加持的是，他视为兄长的好友冯国屏（酆坚）真的来了。对外，他的身份是国民党 23 集团军少将特派参议员，到各地察看军备实力，同时利用民间力量为航空事业募集资金（不能让日伪政府知道）……实际他是中共地下党员，收集情报是他的一项重要任务。

　　知己知彼，百战不殆——了解敌方情况，即进行孙子在《用间篇》中称为"先知"的情报活动。古今中外，历代军事家都很重视"知彼"，著名军事家约米尼说："要使战争获得胜利，最安全可靠的办法是一定等到有了完全正确的敌情报告之后，再来采取行动。"知彼是一切作战行动的依据和前提，也是确定制敌方略的客观基础之一。孙子说，用间谍搜集情报"三军之所恃而动也"。

　　获取敌方的政治、军事、经济等重要机密情报，为抗日军队制定行动计划提供依据，这是加强地下谍报工作的目的。也只有把敌情研究放在首要位置，真正做到知彼，才能正确使用兵力，巧妙地运用各种作战手段，以我之长击敌之短，出奇制胜。抗战期间任新四军第二支队副司令员的粟裕被称为常胜将军，其在决策前对敌我情况的掌握是非常到位的，他也必定有着非同小可的情报网。

　　我无法证实，我祖父他们获悉的情报是直接送达新四军还是抵达延安，或者两者皆有，但我可以肯定，我祖父他们这个情报团队是颇有战斗力的，向上级组织提供的情报有着不可替代的价值。正因为此，敌方日伪政府也在加紧侦查中共德清地下情报网，而且把冯国屏（鄞坚）和我祖父他们列入了主要监控对象。有一份日伪情报（德馆藏 M289-003-00264-121）内容惊人："新进附匪，时已潜伏城区，自称姓冯，系 28 军某某部，常与冯老三、嘉宾馆、阿毛等往来，现其部下有潘正福、王金富、高阿炳、嵇金林、段荣贵、潘子卿等情报员（余不镇人），以上除冯老三、嘉宾馆、阿毛在奸匪未进城时，恐为潜伏者外，余皆新进附匪。"

毫无疑问，敌方已掌握冯国屏和我祖父他们的基本情况，一旦抓住证据，即可被一网打尽。敌人也是箭在弦上。

关于日伪政府的这份情报，我祖父他们应该不会不知道——我父亲曾告诉我，有段时间，真的风声鹤唳，父母都不让他们离开大门一步，但如有自己人来，他们几个孩子还是要到门口放风，一边做游戏一边留意着四周。假如发现有陌生人靠近，孩子们就叽叽喳喳闹腾起来，给屋子里的大人发出警告。

我祖父祖母已交代徒弟，把老二老三两个小孩送回绍兴老家，或者送去德清山里。但他们又怕连累绍兴的亲属和山区的友人，所以不到万不得已时，绝不透露亲属朋友的联系方式。他们与敌人的周旋，有如戴着枷锁奔跑，步步惊心地去抢得时间。

第五章

一

为国捐躯，胜利后再难相聚

　　现年 86 的小姑妈冯连方，见到我总说，要是你大姑妈还在，她什么都知道，很多事也是她告诉弟妹的；要是她当年去了延安抗大，就可以说得清所有的事了；要是……但是，所有的"要是"已是过去式的假设，都已无法成立。我只能逼着小姑妈回想，继续回想。有天我去看望她时，她忽然告诉我，有位叫冯国屏的地下党，住在她家差不多两年，"老给我扒耳朵，我现在的耳朵听力这么差，是不是跟小时候经常扒耳朵有关系啊！"姑妈在她的听力严重下降时，倒是记起了曾给她扒耳朵的冯国屏。几乎同时，我想起了父亲曾经告知的，有个地下党到德清和他们住一起两年多，也姓冯……

　　要不是姑妈提起，我差不多忘了父亲说过的这事。

　　"当时我们只知道他的姓名是冯国屏，大约 1943 年到 1945 年那段，和我们在一起住了两年左右。他个子很高，身穿白色的土布衫，很喜欢小孩，一起吃饭时，就讲故事给我们听。我们有时叫他冯伯伯，有时叫他国屏伯伯。"讲着讲着，姑妈又记起另一个人，"还有个叫沈中流的年轻人，我们叫他沈叔叔，很瘦，经常跟冯国屏在一起，他的女朋友就是对面许家独生女。新四军撤离德清后，我再也没有看到过他们。"

　　我开始在网上疯刷"冯国屏"……慢慢地出现了顺藤摸瓜效应，终于来到张惜晨爷爷那里，尽管这中间又有小曲折，耽搁了一些时间，可皇天不负苦心人，几近绝望时，我见到了张爷爷，无疑，就像见到了自己的亲祖父。至此，才弄明白，这个叫冯国屏的就是鄞坚，而我的父亲和姑妈并不知道他们的六爹也曾用过冯国屏这个名字，只是记得有个去世的六爹叫冯文瑞，冯国屏是和他们住一起、和他们的父亲一样的地下党。

　　见到张惜晨爷爷那天，他给我宝玉姑妈手书一函，我如获至宝，回杭州后即赶往姑妈那里。她激动万分地马上写回信，仍称呼他沈叔叔。接着，失联70多年的两个不同辈分、不是亲人胜似亲人的老人，通过微信视频，接上了头，再次见面。我姑妈一个劲地喊"沈叔叔"，张爷爷那边有后辈嘀咕"错了"，张爷爷说"没错"，他那时的姓名就叫沈中流。可见，他的子孙也不清楚一位老兵当年完整的英雄史。

　　70多年前，"沈叔叔"眼中的冯连方还是个细小丫头，冯连方印象中的沈叔叔是位聪明精干的抗战斗士，而70多年后的今天，视频中对视的两人都已是白发苍苍，耳不聪目不明了，两人都需要年轻人在边上做翻译，才可将视频通话进行到底……然而，让我们后辈不得不钦佩的是，他们的字依然写得那么好看那么有力那么顶真。

　　要不是战犯发动了战争这一疯狂的杀人机器，让成千上万人的生命被绞杀、被吞噬，令中国大地燃起熊熊抗战烈焰，连曾是那么温和那么柔软那么美丽的江南鱼米之乡也难逃战争烽火，那么，冯国屏、沈中流、我的祖父祖母，千千万万个中华儿女，也许早已把自己的家园建设得有如仙境，也享受着美丽的诗意人生。

然而，历史的车轮无法倒转，不该发生的就那么不可逆转地发生了。中国人除了抗争，别无选择。

抗争路上多后来者

说回那个抗战的冬天。

一天清早，有人来到53号找冯老三冯国柱，在听说冯老三不在时，又喊"三阿嫂"。汤彩霞到天井问来人啥事。来人与她悄声说了几句后，马上离去。汤彩霞赶紧跑上楼催孩子们起床，要他们到厅堂待着，哪里也别去。她自己换了身村妇短襟衫，闪电样离去。

近午，大街上传来嘈杂的人声，有人在嚷嚷："快点，不好了，日本佬在城桥头烧人啦！"

正在厅堂听留声机唱歌的孩子，惊恐万分，这些孩子中有和美玉结拜八姐妹的同学，她们的父亲不是米行老板，就是绸缎庄主，或糖坊坊主……她们的父辈对鬼子的惧怕往往超过底层百姓，但私下里让男孩去抗战也是大有人在。一帮花样年华的美少女，在被侵略的家园里不敢纵情歌唱、不敢翩翩起舞，更要面对如此恐怖的事情——日本鬼子要在镇上活活烧人，美丽江南从古至今，哪有这种灭绝人寰的恶行？她们一个个目瞪口呆，手脚冰凉，围到了刚回家不久的汤彩霞身边。

心里七上八下的汤彩霞，关了留声机，给铜火盆添了木炭，让瑟瑟发抖的孩子们取暖。她却躲到一边，偷偷地抹泪。

傍晚，冯老三独自站在天井里那枝腊梅前，昂头望天，悲愤的泪水不可抑制地往下淌。英勇的大徒，在送情报途中被鬼子抓住，受尽酷刑，没有招供，上午被绑在东门城桥头的枯柏树上——侵略者把他活活烧死了。

"身既死兮神以灵，子魂魄兮为鬼雄"——幼子冯鸣玉似已知道父亲的心事，在屋内轻诵《国殇》。

冯老三又匆匆出门，与人设法偷出了徒弟的尸体，予以安葬。他向这位徒弟的母亲承诺，以后就由"天生"实体负责她的生活，而他预料不到的是，他的承诺也只能兑现那么短短一两年。

旧恨新仇啊，要尽快想办法把侵略者赶出去。

地下抗日斗争的任务一项接着一项，大徒基本承担了大部分情报传递任务，保持和其他地下交通站的联络。冯老三得以把更多精力用来筹措资金……大徒突然被抓后，组织内成员立即分散隐蔽，暂时中断了联系。但冯国柱和冯国屏在一刻不停地营救徒弟，尽管他们都已上了日伪的黑名单，行动已经非常艰难，可他们绝不放弃。不想，鬼子那么快就把人烧死——他们清楚，一份情报意味着一个排一个营一个团甚至更多的战斗力，必须马上杀一儆百。

万般艰险之中，地下抗日斗士每走出一步，都需付出极大的代价。冯老三再坚强，也不得不暗中洒泪，为牺牲的战友哀恸不已。可他从未失去对胜利的信心，当看到各路英雄同仇敌忾，加入抗战队伍，他就告诉妻子，日本兵必败无疑，侵略者的下场早就注定！

然而，战争的残酷性让他不得不提醒妻子，要她做好各种准备，尽快把孩子们都送去山里。"万一我们不在了，老百姓一定会善待他们，他们也一定会健康成长！"

望着熟睡中无辜的孩子，我祖母常常睡意全无，绞尽脑汁都想不出一个可以让他们平安无事的办法。她也想过，让大女儿去上海读书。但孩子从小到大没离开过家，忽然让一个还未成人的女孩到乱世中的大上海，只能更危险。好歹一家人在一起，危急时刻总归有脱身的办法。

汤彩霞在经历了各种历险后，机智和勇敢倍增，但她仍无法把孩子毫无把握地送出去。她总在期待，期待着不用再提心吊胆的那一天。

不久，又有新的力量出现，当一个人跨进务前街 53 号时，冯国屏就已确定：就是他了！

1943 年，国民党 23 集团军 28 军下属第一爆破组，奉命由山区调往杭嘉湖水乡，配合挺进纵队打日本兵。已被任命为爆破组上尉副组长的沈中流（张惜晨），被安排住进了德清县城务前街 53 号。其实，冯国屏之前对他已经做了较为详尽的考察。

这时的 53 号在沈中流的眼中很是繁忙，地下抗战几个部门的人员在这里，大家各司其职，互不干扰，共享情报，分头行动。当然，他们都身穿便衣，对外统称生意人。他不知道的是，有一双眼睛在悄悄地关注着他，准备把他"合并同类项"。没多久，这个人便主动与他攀谈起来，从家庭背景到个人理想，谈得很细，而且对他的苦难家史及抗战的成绩都有了解。

少将特派参议员对自己的重视，让沈中流心存感激，他知道他是 23 集团军的，是 28 军的上级。他和大家一样尊敬地称他"冯参"。冯参勉励才 20 出头的他："立志报国，须勤奋学习知识本领。"他给他看《大众哲学》等进步书籍，交流学习心得，久而久之，他们成了忘年交。

江苏江阴人沈中流，家乡沦陷后，去上海谋生，边做学徒边参加夜校学习，接近进步学生后，参加了上海市民的抗日救亡运动。1940 年农历七月，他瞒着亲人离家走上抗日前线，参加了中英两国合力举办的第一期爆破培训班，然后被分配到 23 集团军 28 军，配合下属各个师团作战。浙赣线胜仗后，他们爆破组被军部记集体一等功，他个人也受到嘉奖，晋升为中尉。天目山孝丰县递铺镇营盘山胜仗后，他们组又立了集体功，他再次受到军部嘉奖，晋升上尉。冯国屏对他十分赏识，希望他更快进步成长，加入他们的地下抗战行列，接受更为严峻的考验。

出于多层考虑，冯国屏与汤彩霞联手做起红娘，把他带进了51号许家。许家许滋轩先生，有女许静娴，知书达礼温文尔雅，是父亲心头的宝贝（母亲早逝，继母无生育），在小学教书。许滋轩这位航船经营者，自被日军抢走了所有小火轮后，基本赋闲在家。看着日军猖狂，他苦于无力抵抗，只能偷偷地帮抗战人士做些力所能及的事。而这些事情一旦让日伪知道，也是性命不保。

对冯参介绍优秀的抗日战士给女儿，许滋轩自是高兴，他决定让他们订婚，毛脚女婿（未正式结婚）就住他家。

沈中流住进了51号，与许静娴以兄妹相称，相敬如宾。后来，冯国屏搬到了丁家弄单门独院办事，沈中流过去时基本不与其他人交往。

这天，冯国屏约他和冯国柱晚上相聚。夜深人静，皓月当空，庭院中设一席，三人对酌，以弟兄相称。当酒兴渐浓时，冯国屏提议，学古风义结金兰，桃园三结义，向天盟誓：患难与共，生死相依，海枯石烂，永不变心。

接着，他推心置腹地告诉沈中流，冯国屏是他化名，自己真名叫鄞坚。冯国柱六弟冯文瑞也用过冯国屏这个名字，他已去世，棺椁存放在德清宁（波）绍（兴）会馆。

少将特派参议员身份的鄞坚，在德清隐蔽的身份便是冯国柱一家的兄弟。这之前，沈中流也一直以为鄞坚和冯国柱他们是亲兄弟，自此才明白他们都是中共地下党，担负着艰巨的抗战任务。

郾坚又慢慢告诉沈中流，他于上海交通大学毕业后，进入黄埔军校第四期，成了中共地下党员，由重庆八路军办事处周恩来指派，在23集团军监督各军武器修械工作。沈中流亲眼见过他修理枪支，那些有毛病的机关枪，到他手上没几分钟就被收拾得服服帖帖，问题全部消除。这让沈中流不得不佩服。郾坚还告诉他，他的妻子叫镇则明，是自己的交大同学，镇江人，两个儿子跟随她住在镇江娘家。

月下结盟对天发誓后，沈中流正式投身革命，做秘密的地下工作，成为隐蔽战线的一名战士，也成了冯国柱家孩子们口中神秘的沈叔叔。

1944年夏季，酷日难耐。这天，冯国屏向沈中流布置一项任务：与冯国柱一起，设法将重庆秘密运来的电台，转送给上海地下党。这看似简单的任务，其实困难重重。他们琢磨再三，决定先将电台拆散。此时，沈中流发挥了专业特长，用爆破组的六只空紫铜炸药箱，分装被拆的电台，并把它们死死密封。

冯国柱找到一位黄姓毛竹商，把六只炸药箱捆绑在了毛竹排下面。一切安排停当后，沈中流撤退。后面由谁负责把电台送到上海，安然无恙地交到上海地下党手上，沈中流不得而知，至于冯国柱是怎么跟人家交接的，他更不清楚。冯国屏有交代，不该知道的事不用多问，所以沈中流从不打听跟他无关的事。他自是担心电台在途中的安全，航道上都是日寇的巡逻艇，那种快艇掀起的涌浪，随时有可能把竹排推向桥墩，如果撑篙人失手，竹排往桥墩撞去，后果不堪设想。可他看到冯国柱镇静自如的样子，就猜想电台一定会平安抵达目的地，知己知彼，冯国柱他们不是吃素的……当冯国屏后来告诉他，电台已如期到上海、一切顺利时，他并不觉意外，而是从心底升起些许自豪感，并对冯国柱这样的战友，有了更多的敬佩。

张爷爷在讲到想方设法送电台到上海时，激动得连连打着手势。这让我想起朋友推送的一则故事：中央红军长征从江西于都出发时，只有一台发报机和一台手摇发电机，发报机要由重达 68 公斤的发电机提供动力。为确保发电机发报机绝对安全，由一个 128 人组成的加强连负责搬运和守护。当时红军从兴安界首渡口过江，为避免两机浸水，红军战士们不顾头上敌人的炮火，脚下冰冷的湘江水，想尽办法托着两机过江。一个人倒下了，另一个人旋即接上。过草地时，沼泽地藏着吞人的无底洞，一个个红军战士陷进去便再也没有起来。然而发电机绝不能丢，"就是剩下我一个人，也要背着它走到底！"湘江战役中主要负责驮运发电机的江西于都籍红军战士谢宝金高大魁梧，他砍来黄竹，用铁丝绑成简易竹排，将发电机放上去，硬是把它拖出了茫茫草地。爬雪山时，山路狭窄陡峭，发电机无法多人抬，谢宝金又让战友们把发电机放到他的肩上，大家扶着撑着，硬是一步一跄扛过了皑皑雪山，直至把发电机和发报机抬到延安，保证了长征途中中央军委"千里眼"和"顺风耳"的安全。而这支护卫红色电波的 128 人加强连，最后到达延安时仅剩 3 人。

我祖父他们送电台的事，自是无法与长征路上护卫电台的故事相提并论，但作为当时的"千里眼"和"顺风耳"，电台对于组织是何等重要！所以直到今天，百岁老兵张爷爷对这件并非惊天动地的事，记得如此清晰。

这年的冬天，爆破组奉命进山，回军部休整，沈中流没有跟着去，而是继续和我祖父他们一起并肩作战。

1945 年 1 月，粟裕领导的新四军苏浙军区成立，成功控制了东西天目山，建立起方圆 300 多里，有 100 多万人口的浙西抗日根据地。军民广泛开展游击战争，炸桥梁毁公路，袭战车拔据点，入虎穴杀汉奸，狠狠打击了侵略者的狼子野心。对于爆炸敌人设施，沈中流自是高手，而我祖父他们事先摸清情报，行动就万无一失。这样的人员组合配置，无疑是最佳的。

在地下党组织的工作中，及时获取情报，营救被敌方抓捕的进步人士，除了需要大智大勇，善于与敌人巧妙周旋，关键的每一步都需大把的花费，哪怕口袋里只剩一分钱，都要做到眼睛不眨一眨，只当轻风拂过。

有天上午，冯国屏又获情报，称国民党某部在德清的一个支队，抓到了两个共产党，要在夜里审讯。怎么办？真的是共产党肯定要救，但先要想办法参与审讯。尽管冯参的少将特派参议员身份，关键时刻可以拿出来亮亮，但也不能主动提出参加审讯，而且他还得装作不知道这些事。于是他叫来了沈中流商量。

我祖母汤彩霞也早成了"顺风耳""千里眼",几乎同时,她也听闻了此事,很想与丈夫核实,但他已出门数天,不知哪天能回。她第一时间就是赶紧筹钱。镶牙社、照相馆是必须去搜刮搜刮的,钱庄能不去最好不去,除非她的小"金库"已告罄。是的,院子地下埋有"抗币",但这是给苏区抗战部队筹集的,组织上哪天派人来取,得分文不差地交与,而抗日民主政权一旦成立,这些钱就是财政的一部分了。我的祖母尽管学问不高,可自从跟了我祖父,政治和经济两门课,竟然也学得七七八八了。

沈中流还以为汤大姐不知此事,"大姐,大姐"地叫进门,许久,憋出一句:"要花钱了!"

汤彩霞微微一笑,取出一个小包袱,交与他。

哗,整整6万元的储备券(全称是中央储备银行兑换券,是日伪时期汪伪政府在沦陷区发行的货币)。

"两条人命,应该不够,还要再想办法。你们先去了再说!"

大姐是不是把自己当银行了?沈中流很想幽默一下,但重任在肩,他不敢拖延,再说,这种时候哪还有心思说笑话?取了钱,他就赶回冯参那里。

到了下午三点多,冯参带上沈中流去了那个国民党的队部。对方立刻摆酒招待,冯参也不客气,有酒喝酒(旁人看他斯斯文文的样子,并不知道他喝酒是海量),有饭吃饭。沈中流也装模作样地跟着他们"闹猛"。喝着喝着,冯参现出醉状,对方就说送冯参回家。临走前，冯参把那包钱给了对方头目的勤务兵，说，给你们家的姨太太买点脂粉吧！

沈中流心里嘀咕，这么多的钱可以买几担大米，够穷苦人家一年吃的啦！

回家依然走水路，他们送冯参到小码头。此时，冯参一只脚踩上了左边的船，另一只脚踩到了右边的那条。顷刻间，两条船往各自的方向去，摇摇晃晃的冯参一个倒仰叉，"扑通"一声掉落河里。

几个人手忙脚乱地把他从河里捞了上来。这下好，冯参没法回去了，只能留下来。也不知冯参怎么跟他们磨的，居然听了他们当夜的审讯，而沈中流在别的房里忐忑不安地熬过一夜。

回去路上，冯参告诉沈中流，那两个共产党是假的。

假的？沈中流瞬间蒙圈。

"你想，哪有被抓的共产党人见了国民党嬉皮笑脸，一会一个'兄弟'，一会一个'长官'，再一会又是'同志'，棍子还没有碰到身上，就鬼叫，这戏演得也太猛了！"

装醉的冯参，在他们审讯"共产党人"的隔壁，透过壁板缝隙，什么都看明白了。说完这场戏，他就大笑，可沈中流想起那一大包钱，心里不免惋惜：又便宜了那帮混蛋！

冯参突然停住了笑声，脸上表情开始凝重起来，脚下也加快了步伐。今天国柱弟应该回来了，他要听听国柱弟对这件事的看法。难怪他（冯国柱）一再要自己少出门，尤其是他不在的时候。毋庸置疑，冯国柱团队对这个地方的复杂性，已了如指掌。这次，很有可能是国民党顽固分子在试探他……加上日伪政府，真的是危机四伏啊！

汤彩霞知道后，心里也"咯噔"一下。不过还是说"还好"，假设冯参酒量和水性都不行，那一个倒仰叉落进水里，不被淹死也有可能后脑撞上个什么东西，被生生撞死……去财消灾，不幸中大幸。再说，那两个如真是自己人，还要再花多少铜钿银子勿晓得，能不能救出来也勿晓得，总算还好，总算还好。她念佛经般进了厨房。

不一会儿，只见厨工从厨房出来直奔柴房。几分钟后，感觉不对劲的汤彩霞跟着进了柴房，听到厨工在训柴农："酒醉糊涂，酒醉糊涂，连句闲话都听勿清爽，以后不会再给你吃老酒了！"

柴农觉得委屈，争辩说："他们说是抓了两个共产党，我听得清清楚楚！"

"好了，好了，都不要再说了！隔墙有耳，有人会没事找事的！"

汤彩霞制止了两人的争执，心里也觉得这事不能怪柴农，就像她不能怪厨工报错了消息。她对他们说，"还好，还好，只要没有人被杀就好。"

德清人就是这样，只要事情不到不可救药，总是不幸中大幸，已经花出去的都不值一提。何况，进行地下工作，需花费相当的经费，而这些用于地下活动的钱财与战争所消耗的钱财相比，是微不足道的。当然，这些话她就不能跟厨工他们说了，尽管她清楚厨工是丈夫招来的，之前在上海做过，来她家后丈夫对他也一直敬重有加。她曾问过丈夫这位厨工的来路，丈夫沉默半天后，对她只说了一句："我不在的时候，你们就把他当'店王'。"

我祖母再没敢问厨工的身世，反正一家人以及来来往往自己人的吃食，都要这个"店王"煮出来，还需要知道那么多吗？

这次是因为冯国柱不在，厨工才把消息直接告诉了她，而他讲的时候会让人觉得是无意识的，只是在八卦街头巷尾的传闻。听的人自然是认真的，但也不能表露出来。我的祖母，常常不得不把自己装作一个喜欢道听途说的人。

那么，是哪个渠道把这个假消息故意推给冯参的？这个秘密也只有他和他的国柱弟知道了。

新四军进驻德清县

眨眼又是一个初春，这天冯参约沈中流外出。他身穿长衫马褂，一副绅士装束。一见沈中流就兴奋地说："小弟，今天下午我们去迎接新四军，准备好28军的通行证！"

下午3点，他们带了一块羊肉，三瓶酒和一些点心，加上一柄切羊肉的尖刀（防卫的武器），乘小划船，出德清水城门，沿苕溪河向西划去。一路上既兴奋又警惕地通过岗亭哨所。天黑了，他们继续夜航，拂晓到达湖州埭溪镇码头。上岸进街，只见人山人海、热闹非凡。原来新四军也刚刚到，老百姓都来欢迎新四军。人群中夹着穿灰军服，方头鞋，枪上缠着红布的新四军。

冯参由三个新四军带领，去往新四军司令部。沈中流在就近的茶馆等他。近午，两个荷枪战士前来："你是不是和住在德清的同志一起来的？"

沈中流高兴地答道："是的！"

两位战士马上放下枪，立正向他敬礼："我们司令请您去！"

他跟着新四军战士到了司令部，冯参早在门口等了。他向一起在门口张望的人介绍："这就是我的小弟！"他又马上对沈中流说，"小弟，这位是浙西天目山行署的郎玉麟司令！"

郎司令紧握沈中流的手："欢迎，欢迎！"随即，他从袋子里掏出一只搪瓷碗，盛了饭递给他："小弟，吃了饭再说。"

饭后，冯参和新四军首长又忙着开会。会议开到傍晚，吃过晚饭，他们乘着来时的小划船，顺风顺水地飞驶德清。

就在沈中流跟着冯国屏去湖州埭溪见新四军郎司令的这天，冯老三也春风满面，见谁都想多说几句。他早早地回家，和大家一起吃晚饭。他主动要酒杯，与妻子和妻弟互敬黄酒。席上，他笑嘻嘻地对孩子们说，明天要穿干净衣服。孩子们想，父亲从来不管他们的穿着，于是就好奇地问，为什么呀？冯老三回答："迎接亲人呀！"

"来几个？"鸣玉问。

他说："有很多很多，多得数不清。"

心里清楚的妻弟，摸摸鸣玉的头说："明天你跟舅舅一起数吧！"

1945 年的 4 月 4 日，一大早，我祖母汤彩霞给每个孩子换上了干净衣服，衣服上散发着喷香的太阳味道，孩子个个兴奋不已。早餐后，有大人过来要他们肃静，他们只得乖乖地坐在店堂内，交头接耳耐心等待。

不知过了多久，隐隐约约地从十字路口传来了欢庆的人声，当锣鼓喧天时，汤彩霞来到孩子们中间，欢天喜地告诉他们："亲人来了，亲人来了！"

冯鸣玉拉着二姐的手跑去门外，只见一位穿灰色军装的士兵，举着飘扬的红旗，昂首挺胸地过来了。他的后面，是一支亦着灰色军装的队伍，从十字街那头，雄赳赳气昂昂地走来。他们目光前视，个个脸上带着灿烂的笑容。街两边是欢呼的人群，不停地挥舞着手中的小旗。汤彩霞大声喊着："儿子、女儿，这就是新四军，就是你们爹说的亲人！"

孩子们跟着大人高声呼喊："欢迎新四军！欢迎亲人！"

队伍从天生照相馆门前过去，向着县桥的方向前进。眼尖的冯鸣玉突然大叫："大爹，大爹！"他的大爹冯国雄也在队伍里面，他穿着新四军服装，腰上佩着手枪，手枪上系着红色绸带。

冯鸣玉欣喜地奔了过去，拉住大爹的手，要他领亲人们到家里去。冯国雄笑着说："我们的店太小了，坐不下这么多亲人。"

冯鸣玉有点失望，只好跟着大爹走，走到实在没法跟上为止。

晚饭时，小娘舅骄傲地告诉孩子们，他一早起来跟着姐夫和其他人，打开城门，迎接新四军。"德清解放了，德清赶走东洋兵了！"在孩子们面前总是显得神秘兮兮的小舅，这一天就像喝醉了老酒，说着说着就要手舞足蹈。

一大早出门的冯美玉，蹦蹦跳跳回家后，也像小娘舅一样亢奋，滔滔不绝地讲起和学校师生接待新四军的情景。她欣喜地告诉他们，她见到父亲与新四军首长一边握手一边谈话，被欢乐的人群包围……

厅里的自鸣钟刚敲过九点，冯国柱带着几位新四军首长来到了53号，其中有首长曾经在这里住过一段。冯国屏和沈中流也来了。孩子们看到国屏伯伯和新四军大首长好像是老朋友，他们和蔼地问孩子们吃晚饭没有。

汤彩霞把叽叽喳喳的孩子们赶进自己的房间，他们却依然兴奋得无法入睡。

首长们都还没吃晚饭，汤彩霞马上炒了盆鸡蛋，加上红烧鱼和几个青菜，就是一个庆祝德清解放的宴席了。原本酒量不小的人，都没喝多少酒，在风卷残云般解决了所有饭菜后，又商议起了大事。

屋内的孩子们，总想再出去看看。大姐美玉告诉他们，粟裕将军今天会来的，他可是很厉害。活泼漂亮的大姐，是弟弟妹妹的偶像，他们开始知道，粟裕将军是新四军的司令员，说不定他等下就来了。

　　1944 年 12 月，粟裕遵照党中央的战略部署，率领新四军一师主力由苏中南下，与十六旅会师。1945 年 1 月 13 日，中央军委电令成立苏浙军区，任命粟裕为军区司令员。2 月 5 日，温塘村召开了盛大的苏浙军区成立大会。苏浙军区成立后，根据作战需要，又成立前线指挥部，粟裕兼任总指挥，率部向东南敌后进军，主动进攻日伪军，并取得多次胜利。苏浙军区军队以少胜多，先后解放了浙西的孝丰、安吉、武康、德清、临安、新登、长兴等县城，创建了浙西抗日根据地，建立起各级抗日民主政权，鼓舞了广大人民的抗日斗志。

　　"我见到粟裕将军了！"冯美玉晓得，新四军来了，东洋兵就要回老家，日伪政府跟着完蛋，老百姓的日子会好起来。

　　孩子们被允许和一位下巴留着短须的叔叔聊聊。这位叔叔听说鸣玉喜欢画画，就要他画一幅给他看。他拿起毛笔就在纸上画了一面红旗和一杆枪，这是画他白天看到的景象。叔叔看了大笑，还把画拿给别的首长看。有位首长给予点评："嗯，不错，在党的红旗指引下，打出一个光辉灿烂的新中国。"

　　所有人都笑了起来，这让冯鸣玉不好意思地脸红了。他拿回画躲进屋里，再也不敢出来。他对"党的红旗指引下……"这些道理，还不是很懂，只是因为红旗和枪容易画，又是白天看了这么多，他就这么画了。他倒是想过，以后长大了像大爹一样当新四军。他还听大人在说，要把大姐送去延安。延安在哪里？为什么要去延安？没人跟他说起过。已经八岁的他，很多时候觉得成人的世界很神秘，他们做的事从来不会跟孩子们商量。他们忙起来，谁都顾不上，有时连自己的性命都不顾。大爹就是这样，说去打鬼子，人就不见了，大人还不让说大爹去打仗了。在这样家庭熏陶下成长起来的鸣玉后来给自己另取大名"冯翔"，他是二马"冯"，是一匹长翅膀的马儿，是飞马，是腾云驾雾的骏马，像大爹那样不畏强敌、不怕牺牲。

　　"新四军进驻德清，纪律严明，善待百姓，获得群众爱戴。很快，1300 年的古镇小城社会秩序井然，进步人士积极性高涨。随之，乾元、洛舍等镇，成立了抗日民主政府；我即随鄢坚配合城防营营长何正，做地方后勤工作。"张惜晨（沈中流）爷爷回忆道。

　　大街小巷开始出现冯老三冯国柱与新四军首长在一起的身影，潜伏在乾元的中共地下组织已经不可避免地浮出水面。在中共德清县委党史研究室各历史时期专题史料中（德清县档案馆馆藏 120-3-21），摘录的抗日战争时期敌档中有关"奸伪组织人员一览表"中有：苏振亚（余不区区长）、邓道（余不区副区长）、段荣贵（区特务队队长）、冯老三（谍报队长）……这些敌档中所称的"奸伪组织人员"，即中共地下组织人员，而在新四军进驻德清期间的 1945 年 4 月—1945 年 6 月，余不区的共产党抗日民主政府（驻地余不镇丁家弄），成员有苏振亚（区长）、邓道（副区长）、蔡剑鸣（民政股主任）、段荣贵（特务队长）、冯老三（谍报队长）、张羽白（税务所长）。可以说，我祖父的地下党身份完全被暴露。

关于中共组建的抗日民族政府，在德清县档案馆收藏的中共德清县委党史资料征集小组办公室《一九四五年武（康）德（清）县抗日民主政府的建设及其活动概况的报告》中，有如下表述："我军所到之处，向人民宣传抗日，发展抗日武装力量，建立抗日民主政权。同时，发动群众支援我军作战，建立各级党组织机构……在这时间里，原有的党的基层组织支部还是不公开的，有的党员公开了身份进行活动……区一级的党组织和政权建设，在四月份成立武德县委前，莫干区的政权已经建立……除莫干区外，武康县境内还先后建立防风区和英红区；德清县境内设有余不区和洛舍区。共有五个区。"

抗日民主政府的建设千头万绪，但支援新四军作战，自是重中之重。

这天，冯国屏从新四军总部开会回来，把总部急需印刷机的事告诉了沈中流。这时的沈中流也已把县城的一些事摸得八九不离十。他说，德清有报社，现在停业，印刷机闲着，可不可以去买？

对这些，冯国屏自是了解，问题是该怎么去买。上面给他的指示是，只能以民间名义采购。他与冯国柱商量了具体办法，便让沈中流跟冯国柱一起操办这事。

报社由国民党政府控制，只能与各方巧妙周旋，打通各个环节，才能把印刷机这样的敏感设备弄出来。冯国柱和沈中流分头找人，时机成熟后，冯国柱用麻袋装着现钞送到报社，促成当场交易。就这样，我祖父他们把报社的印刷机、铅字、油墨等整套设备给买了出来，接着，通过地下交通线，这些设备被顺利送至新四军军部。

并肩作战的日子，让战友们患难见真情，见学识。"我发现冯国柱是个很有智慧的人，和这样的战友合作，我们也越战越勇。我们认定日军迟早会投降，动员那些日伪人员早早归仁，不要再做汉奸。"张惜晨爷爷如是说。

在我祖父他们的动员下，有的日伪人员开始睁只眼闭只眼，有的直接成了他们的内线……他们还得去拜山头，说服在当地势力很大的帮会老头子，加入抗日统一战线，调转枪口共同打击侵略者。

"看着冯国柱有着做不完的事，我有心助力却不能开口，他不说，我们不问，这就是纪律。他那个情报队的人，我基本不接触。"张惜晨说。

我把通缉令上其他中共德清地下情报人员的姓名念给张爷爷听时，他似乎都没有印象。他说："你爷爷做的事，鄞坚不会告诉我，除非必须是我们一起去做的。他们那里应该是单线联系，非常严格。敌人也不傻，万一有闪失，不就一锅端？所以，你爷爷能够这么长时间潜伏下来，真的不容易！我们在一起尽管才一两年，但真的是生死相依！"

张惜晨爷爷于 1920 年 7 月出生在江阴县山观王保村，他的父亲张永朝系无锡师范学校首届毕业生，崇尚实业救国，以植桑养蚕为家庭副业。1937 年 10 月，江阴沦陷，店铺关门，他失业在家。日军天天出来扫荡，他的家乡成了人间地狱。望着父亲被鬼子抓去，家园被鬼子放火烧毁，他心如刀绞，誓言：“国仇家恨一定要报，誓死不当亡国奴！”无家可归的他流亡到上海找亲哥。就在这段时间里，他结识了爱国人士，在他们的指引下，踏上了抗日救国之路。

伟大的信仰，必然会凝聚成一个患难与共、生死相依的战斗群体。尽管他们的家庭背景不同，年龄不同，文化程度不同，但在共同的信仰之下，他们结盟，他们对天发誓，他们信念一致。

冯国雄到底是啥时牺牲的，牺牲在哪里，冯鸣玉不知道。他只记得大爹冯国雄跟着新四军走后，没多长时间就有消息传来：大爹牺牲在战场。冯国柱闻讯后，跪在父母遗像前，泪洒衣襟：“爹爹、姆妈，大哥打日本军牺牲了，为国献躯重于泰山，也体现了我们冯氏‘树德堂’精神……”新四军撤离德清后，冯国雄跟冯国屏（鄞坚）随新四军去了更大的战场，而兼职管理新四军与地方一部分财经事务的冯国柱，继续留在德清处理后续事宜。

岂料，新四军撤离没多久，风云突变，国民党反动派县政府开始大肆捕捉进步人士。6 月 25 日，一份密令由县政府发出，其中上报通缉的有 22 人，中共“谍报队长冯老三”的姓名赫然在列。获悉情报后，冯老三向妻子匆匆做了交代，当夜离家，他还要去通知其他人员速撤。

次日拂晓，汤彩霞给儿子脸上抹了黄栀子液，又贴上一张大膏药，由他小舅悄悄带上他和宝玉，坐脚划船逃到了塘栖，躲在任发祥（后来成了美玉丈夫）家里。她和大女儿从另一条路去塘栖。

对此，小姑妈冯连方清楚记得："后来亲戚告诉我们，国民党政府抓不到我们爹，就贴出布告公开扬言，只要能抓住他的妻儿，都有奖赏，布告贴在大街上。如果有告密者，我们就完蛋了。重赏之下，很难说的。我父亲和母亲以及他们的女儿儿子都不同价，好像是大米多少担。不知是他们不晓得还有个二女儿，还是把我忘记了，我没有在通缉之列。家里的厨工和保姆也不知了去向，我总感觉他们也是在帮我父亲做地下工作。我父亲的大徒弟我们都叫他阿毛，很老实的一个人，可惜被日本兵弄死了。"

带着孩子躲藏在塘栖的汤彩霞，怕连累任家，一直想办法要离开。一位塘栖染坊店的工人，不怕牵累，给予了帮助，送他们到了海宁硖石镇汤家。哪想硖石镇有人告密，汤彩霞被日伪抓去。

"来抓的人中有个叫江麻子的。后来我母亲获救，很可能是我父亲那条线的人营救了她。"

我姑妈的回忆常常是跳跃式的，想到什么就说什么，前面的还没完，她的思路已跑到后面去了。

在海宁硖石镇，我祖母娘家人开了家西南河汤三泰雨伞店。她的大弟汤关元和小弟汤锡彪童年时在德清和他们住了很久。后来汤关元回硖石，汤锡彪跟我祖父一起做事。

"我们躲过了日本佬抓捕，小娘舅却被日伪抓去受尽刑罚，坐过老虎凳。最后是直街开箍桶店的长发三儿子救他出来，他家也是绍兴人。长发老板的母亲，我们都叫她华庭娘娘（奶奶），非常善良。"我姑妈说起华庭娘娘又引出了其他故事，但具体到姓名年月，她又得想很久。

关于湖州一带的抗战，有文简概：1937年7月7日，日本帝国主义发动了蓄谋已久的全面侵华战争。同年11月19日，日军侵入湖州市南浔镇。接着，分水陆两路侵犯湖州，11月24日，湖州城失陷。至12月，长兴、德清、安吉相继被日军占领。从此，湖州成为敌占区，直到1945年10月。在漫长的八年时间里，湖州人民受尽日寇的欺凌，经济遭到毁灭性破坏，但面对法西斯的暴行，湖州民众以及抗日部队在正面战场、敌后战场和其他战线奋起抗击，给日寇以沉重打击。

德清档案馆收藏有抗战时期各种打击侵略者的情报信息，我看到的有一页纸几句话的，也有数页甚至十几页的，都是毛笔字写就，其中不乏字体非常灵动的。有一页报送县政府的，写道："七日，新市——昨日下午四时，有敌寇二名，至西栅朱家弄内，找寻花姑娘，事为我军六二师便衣队获悉，即予缉获。当时，该死之敌寇，正在朱家弄内某人家大喊其'咪咪咪……'之际，我军奋勇上前，即将该二敌寇捕获，押解往师部讯究。"

当然，要彻底打败侵略者，绝不是抓几个窜出来作恶的零星鬼子那么容易，而是需要中华儿女前赴后继，浴血奋战在各个战场……据记载：莫干山区，广大的贫雇农和地下党员纷纷动员支持自己的亲人参加新四军，壮大抗日队伍。他们还承担繁重的运军粮任务，莫庚区和洛舍区分别筹粮两万多斤和三万多斤，硬是靠肩挑、手拉，翻山越岭把军粮从武康运到前线安吉、孝丰、递铺……在新四军北撤时，他们留下坚持斗争。

鄞坚、冯国柱、沈中流……他们尽管只是在中国的一个县境内，做着并非惊天动地的大事，然而国家就是由一块块地域组成，当侵略者的铁蹄闯入我们的城镇和乡村，烧杀抢掠无恶不作时，国人的抗争也是无处不在的，力量积小成大，最后如海啸山崩般，把强盗赶走。

相约胜利日重聚首

6月14日，新四军撤离德清县城，冯国屏和冯国雄跟新四军一起走了。冯国屏曾提出带沈中流走，但他因已与许家女儿订婚，决定留在德清，继续和冯国柱一起工作。

新四军撤离德清后，险情同样逼近了沈中流。在日伪军进城开始抓捕抢劫，他发现一个联络人都找不到时，感到茫然无主心神难安。

"我只好去塘栖许静娴的姑母家避难。没多久，遭叛徒出卖，我被伪军抓去。在塘栖沿河街开绸缎庄的许静娴姑父锺步瀛，连夜请商会会长营救。最后，许家花80担米以及首饰，才把我救了出来。"他脑中记着冯国屏留下的两个联系地址：上海法租界吕拜路吕拜坊5号白公馆和南通市鹰扬巷3号。他打算去上海，但祸不单行，在临平火车站他又被日伪特务抓住，被押往上海闸北，直到抗战胜利日军投降，才逃出虎口。

在上海，他写信给冯国屏，却如泥牛入海毫无音讯。德清的准岳父许滋轩收到信后，赶到上海。他带了一套时髦的雪花呢中山装和女儿的亲笔信，信中告诉沈中流：国民党德清县当局到处抓人，凡是与新四军交往的，格杀勿论。

显然，德清是不能回了，他决定去浙江山里28军驻地："那里群众关系好，安全，还可设法与鄭坚（冯国屏）联系。"

许滋轩给了他路途盘缠，万般叮嘱后，挥泪告别。

路经杭州，他按鄭坚原定的联络地址，到了劳动路。拍开老墙门，面前是汤彩霞大姐。这时他才知道，冯国柱正在上海、嘉兴一带亲友处避难，处境险恶。他把去临安山区的地址告诉汤大姐。汤大姐答应，一旦有了鄭坚的消息就立即告诉他。

离开杭州，他到了临安山里。当年的爆破组解散了，组员中有在这里与农家女成婚的，而他经手放在这里的爆破器材还在，被房东保管得很好。当地聘他当小学教师，他还兼做毛竹生意，与人合伙在瓶窑开了"同兴山货行"，希望通过这些方式与战友接上头。

一天午后，一个黑瘦的身影出现在沈中流面前——天呐，这是冯国柱，是老战友冯国柱！

与冯国柱一起来的还有许静娴的亲笔信，是汤大姐交给丈夫，要他一定带到山里。

突然见到老战友，又见到了恋人的手迹，这让沈中流激动万分。但是，面前的冯国柱瘦得几乎脱形，他不敢相信，这就是曾经龙腾虎跃般一起战斗、曾经潇洒自如、曾经笑谈天下帅气十足的国柱兄。

国柱兄告诉他，山外，白色恐怖笼罩下的城镇，共产党又面临严峻的考验，他们全家分开隐藏，而且要不断换地方。即使这样，冯国柱依然不失信心："中国一定会有胜利的那天，老百姓当家作主的日子绝非神话。"

"在宁静的山区安心休养一段时间，也是保存实力。"沈中流说。

就这样，我的祖父冯国柱，又和战友在一起了。身处偏僻山区，他暂时不用东奔西走四处藏匿了。其实，此时的他已经身患重病，也走不动了。

他们口径一致，对外称是生意伙伴，到山里休养。白天，他俩在学校同桌共餐，晚上，同挤一张床，真正是患难与共、生死相依。他俩期盼着新中国的诞生，憧憬着到德清与亲人团聚的那一天……

几月后，天气渐凉，冯国柱的身体每况愈下，却不能公开出去看病。他觉得自己难以支撑，为了不拖累战友，他决定回绍兴老家。直到此时，沈中流才知道他是绍兴人，之前只当他是德清人，还以为绍兴是他的祖籍，哪想冯国柱不仅自己是绍兴人，他的孩子还生在绍兴。

我祖父自始至终不想连累绍兴老家的人，加上革命纪律，他从不提自己的老家所在地。这次，他可能真的觉得自己大限已到，便向亲密战友坦陈家乡所在……这在他来讲是怎样的难言之隐啊！

见冯国柱坚持要走，沈中流筹集了盘缠。两人顶着凌厉的寒风，来到县城汽车站。

"保重～"

"保重！"

"后会有期～"

"后会有期！"

汽车摇摇晃晃地启动，互道珍重的战友，就此别过，再无重逢。

回到绍兴的冯国柱，硬撑着不去医院看病。一个国民党政府通缉的要犯，万一被发现，势必累及亲戚朋友。病情一天天在加重，亲人束手无策，冯国柱却是从未有过的安宁，他非常清楚，自己将不久人世，将去另一个世界和父亲母亲兄弟会合。回顾一生，他不后悔，他的每一天每一分钟都是有意义的，他没有虚度。他的生命献给了壮丽的事业，侵略者已被赶走……遗憾的是，他没能等到人民解放国家强大的这一天，战争还没有结束。

望向窗外，他呼唤着妻儿，期待能见最后一面，不仅仅因为亲情，而是有重要事情托付。他有组织，他有上级，但他已经无法联系上他们。那么多事，他必须要有交代。为此，他无法放下，瞪大双眼望穿秋水。

汤彩霞感应到了丈夫生命最后时刻的召唤，她火急火燎地命长女美玉速速赶往绍兴。美玉在未婚夫的陪同下，终于又回到她出生的祖屋。此时的冯国柱已奄奄一息。

"去延安，一定要去延安！"看到长女，冯国柱再三叮嘱。他把延安一位首长的姓名告诉女儿，要她记住；他交给女儿一枚印章和其他地下党组织的材料，"你一定要交给延安的首长……要亲口告诉他……"

我的祖父临终前，还在断断续续地告诉他的女儿有关地下党的事，期待着女儿踏上去延安的路："粟裕将军你见过……到了延安后……"

可以想象，我的大姑妈，一个才刚17岁的女孩，还没真正踏上社会的小姑娘，这个时候心里是恐慌的，脑子是混乱的，怎么可能理解我祖父如此重要的嘱托，即使理解了一部分，也不一定记得了那么多，所以，后来的她根本没法执行父亲的指示，也是情有可原。

我的祖父，在亲人的哭泣声中，应该也是意识到了那种无法排遣的悲情，气若游丝的他，仍在喃喃诵念"路漫漫其修远兮，吾将……"，直到气绝。

当一路辗转尝尽苦头的汤彩霞，带着二女儿宝玉和儿子鸣玉，匆匆赶到绍兴时，丈夫已经逝去，但口眼未闭——他没能放下心中的牵挂。由于始终奔波在路上，饥一顿饱一顿，他的内脏器官早已受损，致使他的肤色发黑，肚子因腹水鼓得老高……他早有遗嘱，不要埋在家族坟茔，不能累及族人。

星稀月淡之夜，他被葬在了毗邻宁桑的荒郊。这是1946年元旦过后不久，小儿冯鸣玉还不到10岁。

我的祖父冯国柱就这样离开了亲人，离开了他为之奋斗过的人世，离开了总在牵挂着的战友朋友，悄无声息地融入了他深深爱着的这片土地。

"我父亲要让我大姐去延安抗日大学，他去世之前还再三嘱咐，但我大姐迟迟未能成行。假如我父亲在，他的愿望应该可以实现。他坚信共产党一定会推翻旧制度，建立新中国。"冯连方说，"后来，我们一直没有找到我父亲的坟墓，包括我大姐他们慌乱中回德清埋藏的东西，里面有地下党组织的印章和其他资料。我大姐甚至都没记住父亲告诉她的延安那位首长的姓名，只记住了粟裕将军。"粟裕将军和她父亲握手说话时的情景，就像电影中的镜头，定格在了我大姑妈脑子里。遗憾的是，我的大姑妈去世太早，假如还在，一定有许多真实的故事，形成更加鲜活的底色，丰富家族的图谱。

还是这份《一九四五年武（康）德（清）县抗日民主政府的建设及其活动概况的报告》上记载："一九四五年八月十五日，日本天皇正式宣布无条件投降。十月，我军奉命北撤，撤离江南根据地。上级根据华中分局文件指示，决定派少部分地方武装重回浙西，坚持游击战争。成立了新四军浙西留守处，配备编制了警卫大队。警卫大队由我县莫干区大队，加上主力部队的一个排，和县大队的一部分战士组成。在返回浙西途中，曾迂回经过我县西部的瑶坞、塘坑、九都、箬岭等地。由于途中多次遭敌重围，寡不敌众，十一月中旬林家塘战斗后，部队全部打散。从此，我县党组织又和上级失去了联系。"

此时，我的祖父就像一只断了线的风筝，随风四处飘零，既无法找上级组织，也无法寻医治病，最后只能回到绍兴，在他出生的老屋含恨而去。在这期间，国民党县政府先后发出不下三次通缉令，如在德档馆藏 288-001-00035-101 民国档案极密件、德档馆藏 288-001-00037-022 民国档案极密件、德档馆藏 288-001-00037-043 民国档案极密急件等，他都在被通缉名单中。我祖父不埋家族坟茔的遗嘱并非杞人忧天，当累及族人的风险很大时，他选择和家族彻底剥离，既是明智，也是情怀的另一种体现。

1945 年新四军开辟浙西根据地时，担任过武康县委副书记兼县长的曾直（后曾任中华人民共和国交通部副部长），在 1982 年 9 月 4 日给中共德清县委党史资料征集小组的信函中指出："现在回头来检查，当时对形势认识不足，只看到暂时优势，没有想到我军将很快从江南北撤，没有注意使党员更隐蔽一些，不少人公开暴露了身份，以后敌人来了，可能遭受了一些损失。这是一个教训。"

沈中流后来参加了中共地下游击队，在天目山一带打游击。1949 年 5 月，杭州解放，他随部队进驻临安城，不久调到临安县公安局。这时的他，改回姓名张惜晨。

他又写信去上海、南通找鄷坚。终于，有了鄷坚的回信，附信还寄了他和同事、胞弟的两张照片。他说他在徐州兵工厂任主任一职。他还说，从信中才了解到冯国柱的情况，他会把相关资料寄往冯国柱家眷住址，以证明战友的地下革命工作经历，希望冯国柱的子女可以得到政府的照顾……

鄷坚又给临安公安局的领导写了一封信，证明他和张惜晨的工作关系。之后，张惜晨不分昼夜，积极工作，期待着一个合适的时机，回德清与未婚妻一家团聚。1950 年春，他参加"临安军分区教导大队"培训，遇到来自德清的刘士杰，他告知：许静娴在家人的劝说下，不得已与蔡姓男人成婚，但刚怀孕，丈夫就死了，产下遗腹子……

消息犹如晴天霹雳，令张惜晨悔恨不已。至此，他在德清的地下工作和情缘也就成了历史。后来，他又被分配到富阳独立营剿匪，接连立功受奖；鄞坚调至北京有关部门搞科研，信中说要南下调研。然而，之后再也没有他的消息。张惜晨和鄞坚再次失联。

1954 年 10 月，张惜晨转业回江阴，任江阴县璜土小学校长，至 1983 年离休。而今，他子孙满堂、生活美满、家庭幸福。人民政府颁发给他"抗日老兵"勋章，给予很多关爱。而每当他想起老战友们，忆及当年那英勇无畏的战斗岁月，禁不住感慨万千。春来冬去，夏离秋启，日复一日年复一年，年逾百岁的他，思念却永无止境。

在中国共产党成立 100 周年之际，他赋诗一首：

> 回眸从教卅五春，自强不息上游争；
> 不辱使命心无愧，砥砺前行新天地。
>
> ——102 岁抗战老兵　张惜晨　二〇二一年四月

看到张爷爷还能写诗，医院的医生护士都感惊讶，我当然也连连竖大拇指。

2021 年 5 月 15 日，我又到江阴。在市人民医院休养的张爷爷，没有忘却记忆，我们又谈起了鄞坚。

冯国屏（鄞坚），在我祖父他们这个团队后期，应该起着举足轻重的作用，但他到底是怎样一个人？来自哪里？去向了何方？

在上海图书馆，我查到了1937年6月的《新闻报》《航空时代》《兴华》等十多个报刊对同一内容的报道，报道称：航校工程师冯国屏，研究制造了能在空中飞行滑翔的"游空器"，当局许可下月初在杭州公开试验。该飞行器重20磅，面积最大时16方公尺，最小时2平方公尺，形如鸵鸟之翅，用极轻金属制成骨架……可携带轻量军用品，如盒枪瓦斯弹照相机等，可做各种军事行动，亦可做代步旅行之用。消息中介绍他是镇江人，毕业于黄埔军校。

1942年2月和1943年4月的《大公报》，先后报道了一个叫酆坚的人，以滑翔总会模型制造所主任和滑翔总会筹组赣分会长身份，到了桂林。

从1937年到1942年，相隔五年，冯国屏、酆坚，出现在大众视线的瞬间，都与空中飞行滑翔有关，而1943年至1945年，有个由周恩来直接指派的中共地下党人士冯国屏（酆坚），到了浙江德清，入住县城乾元镇务前街53号。这是不是同一个人？

我反复研读酆坚寄给张爷爷的信函，全信见下——

惜晨同志：

别后至天目山区工作，那年1945孝丰大战我就在指挥所，后又在兵工科工作，国柱的哥亦随来江北。1946，我在苏中工作。1947，我在苏北军工部，造炮弹。1948—1949

都在军工部门工作。现任华东第三兵工厂建筑科长兼企业部设计主任，孩子都好，则明亦在困难斗争中随着部队行走。总之为公为民工作无时可间。

想及德清那时，兄弟们言谈，并曾谈中国政治问题，吾弟都默认前途之发展方向，而世明弟之弟已参加苏中新四军，故希望已走入一个方向，在吾将至天目山时亦曾有携弟同往。彼时思想或以家累？故未强言。现在想及由于我彼时领导欠佳，不能引吾弟们至难困中去克服。在我看来吾弟们之过去，我要负一部分责任，另一部分由弟们去反省。1. 个人利益；2. 革命利益。两个斗争。

忆及德清与反动环境中之斗争，已由弟们协力不少，才能完成地下工作之任务，当可代为证明。

国柱弟之不幸今日才知，吾亦当为革命的朋友证明而照顾其子女，当另有文件交给其家眷住址，可持去向吾共产党陈明，经讨论研究后可能取得照顾也。

世明弟后来信，彼在南京某炮兵学校学习。现看来，我去信亦无来音到。

我们可歌可泣之见遇，都是革命文艺之材料，吾弟当详记之，容待会时讨论。

许先生家近况如何？都示之，以便问候小大嫂之音讯耳。

致　敬礼　鄞坚　10.28

　　这是张爷爷在几年里寄给鄞坚很多信后，鄞坚给张爷爷的第一封回信，信中还附了两张照片，其中一张是他和胞弟鄞达的合影，摄于1945年。信封上标注的发出地址是：徐州兵工厂。信笺落款处盖有兵工厂某部门的公章。

　　因张爷爷在信中告知了我祖父的情况（张爷爷从他人处获悉我祖父已离世的消息），鄞坚就在回信中提及，要证明我祖父的地下革命工作。

　　那么，我祖父的大哥到底怎么牺牲？张爷爷说，在鄞坚的第二封回信里有说。但他的两个儿子怎么也找不到那封信。也许，这封信太宝贵（张爷爷办离休时要提交的证明之一），被老人家细心珍藏后，他人就难找了。这第二封回信，也是鄞坚给张爷爷的最后一封信，他说他会到江南，到时和当年革命的朋友会面。

　　从仅有的这封信中透露出的信息，基本可断定，1937年、1942年、1943年报载的冯国屏和鄞坚就是同一个人，就是后来到德清的地下党员冯国屏（鄞坚），擅长军械，试制过飞行器。

　　张爷爷让子女继续寻找最后这封信。他还告诉我，鄞坚曾说他在广州建过飞机塔。

　　不用说，鄞坚一定是搞科研的，且涉及军事。突然失联，是否跟国家机密有关，不得而知。但不管怎样，在张惜晨爷爷的心中，鄞坚是领他走上革命道路的人，无论他去了哪里，也都会像自己一样思念他的弟兄、他的战友。

第六章

一

魂归来兮，星辰闪亮为英雄

仰望星空，看到点点繁星闪烁着神秘之光时，不能不令人遐思：一定也有先驱者和革命者曾经仰望过浩瀚星空，从中汲取过信仰的力量，也期待后人继续努力，去建造幸福美丽的家园。

是的，从先祖身上，我也看到了信仰的力量。我相信我敬爱的祖先——从我的曾祖辈，到他们的儿子，在千千万万的革命者先驱者中，他们普普通通默默无闻，直至在人世间消失，人们都不知道他们的真实身份，不记得他们的姓名，更不知道他们是否来过这个世界。然而，他们真真实实地来到过这个人世，为了人类的朗朗乾坤，为了后代的幸福，他们奉献了自己。

可是，曾经的我，并没把他们放心里去。

我父亲和我祖母在一起的时间最长，我祖母去世前势必会把所有的事告知她唯一的儿子。后来，只要有机会，我父亲就想告诉我们"从前的故事"，但我们几个不孝子孙，对他的讲述不是排斥，就是左耳进右耳出，直到2010年，已经70多岁的他，被我们的"麻木"气极，说要自己去寻找有关他父亲革命的史料。而且他真的带了外甥女和正放暑假的外孙去了德清档案馆，可面对如山的历史档案，他们茫然无策，感觉像大海捞针，只能无果而返。

　　德清县委统战部知道后，伸出援手，请本地知名学者陈景超先生（浙江省社科院国学顾问）帮忙。他果真搜查到了标注为"极机密"的秘密通缉令，时间是民国 34 年（1945 年 6 月 19 日），有国民党县政府县长签名，被通缉的 20 多人中，第六个就是我祖父冯老三（"匪谍报队长"，后来他又被排进第五第四），跟着的就是他的团队成员江宗元、潘正福、杨名坚等共七名"匪谍报员"。这下我傻了，看来，我姑妈我父亲他们所言非同小可，身为"共匪"情报战士，我祖父几十年在江南小城默默奋斗直至逝世，都没能看到中华人民共和国成立的那一天……

　　无法再漠视父辈的期待，更不能轻视献身民族与国家的祖辈。我开始记录父亲与姑妈的回忆，但记录过程是缓慢而不连贯的，这除了我与在杭州生活的父亲和姑妈他们不经常见面外，还要怪我并未十分重视这份记录。终于，拖了十年之久的记录，在找到祖父的老战友后，可以链接完整了。

　　心底里那中国人的"根"意识，从未像现在这样强烈，心灵之钥匙一旦打通，就会开启一道道心门……长辈的回忆，史料的记载，我的田野调查，慢慢形成了可以讲述的故事，这样一群默默无闻小人物的战斗经历，与大名鼎鼎先驱者革命者的战斗经历似乎不在同一个等量级。然而，在那平凡而又纯粹的日子里，他们同样要踏卜荆棘之路，要隐藏内心无尽的痛楚，经受比肉体的疼痛还要煎熬百倍的折磨，去抗争，去奋斗，直至无声无息地消逝。

涓涓小溪终归流入大海，他们同样是伟大的。

必须记住他们，唯此，信仰才有如星辰，引领真诚的心感恩的心，延绵不绝坚守光明，普辉大地。

当 2021 年的春天，我又踏上寻祖之路，去北京、上海、江苏、湖州、绍兴时，了解这件事的朋友给了我很多帮助，绍兴的老亲伸出援手，有关地方官员还专门召集人员予以协助……我并不孤独，追寻的路上有驿站给我加油。

英雄何须寻问出处

每次拜见陈景超先生，都由衷钦佩他那瘦小的身躯蕴藏着的力量。陈老师严谨的治学精神、不懈的工作状态，是我辈必须敬仰和学习的，也是我追寻信仰之路的动力之一。

他被称为草根学者，因为他几乎足不出村地论证了许多史实，包括赵孟𫖯墓的真伪，令来自日本韩国等学者，纷纷到赵墓前膜拜。其实他是货真价实的杭州大学历史系学生，只是在那个年头和许多人一样遭遇波折，回归乡村。改革开放也重启了他的学者生涯，他被省里市里县里重视，成了当地考证历史主撰史志的权威。后来浙江大学和浙江省社科院专门为他在村里建了工作室，全力支持他的研究工作。

草根学者陈景超，发现了历史中的草根革命人士、进步民众，又不辞担当地发出了他的声音——在中国共产党建党 100 周年的日子里，他讲述道："我们伟大的祖国，到处欣欣向荣，革命先烈们抛头颅、洒热血换来的锦绣山河，犹似璀璨明珠，光耀于亚洲、灿烂于世界。先烈们的不朽业绩连同他们的姓名，早已铭刻在各种碑碣和史册上，流芳百世，垂范千秋。

"但是，历史不可能巨细无遗，丝毫不漏。其中一些事迹不显的草根人物，他们有的是中共地下党员，由于谍报工作的特殊需要，长期单线联系，隐蔽斗争，事迹鲜为人知。而在白色恐怖的年代中，一旦与上级失去联系，便成为断线风筝，难以自我表白。他们有的是普通群众，但思想进步，热爱共产党、拥护新四军，追随革命。在参军、征粮等革命活动中积极响应，勇当先锋。当历史车轮前驶七十多年后，对于这一批当年进步的草根人士应做如何评说，值得我们深思。他们并没有做出轰轰烈烈的大事，他们为革命献身时并没有豪言壮语，在那场鱼龙混杂的斗争中，他们只是进步而已。但有一点十分明确，即在共产党没有夺取政权的年代里，他们毫不犹豫地选择了共产党，心甘情愿地为共产党办事，哪怕只是领一段路、烧一顿饭，或者帮助筹几天粮饷，搭一座浮桥。当共产党的队伍暂时撤离解放区之后，他们一个个成为国民党右翼势力的紧盯对象，或被逮捕，或被通缉，或被洗脑，或被镇压。可以说，这一批进步的草根人士，好处轮不到，牵累却不少，有人还为此丢了性命。

"以德清具为例。1945 年 4 月 4 日，新四军解放德清具城，旋即在余不、洛舍等镇成立抗日民主政府。其时，不少热爱共产党、拥护新四军的进步草根民众积极参加。在洛舍镇，解放了的民众查抄了国民政府区长吴廷俊的家，把浮财分给穷苦的老百姓。地主老财们吓得退避三舍。但在 6 月 14 日，新四军奉命撤离后，形势急转而下。次日，国民党政府洛舍区区长吴廷俊带着他的部下，大摇大摆地回到洛舍，坐镇漱村俞家兜，大肆捕捉参与革命的进步人士。这次'漱村事件'，使 36 位进步人士的头颅被挂在漱村大桥两侧。在这一起血案中，当地人们知道姓名的草根人士 19 人，他们是蔡生法、潘应林、潘顺飞、许金法、徐阿宝、徐珍明、朱阿八、沈七斤、潘阿三、张爱生、汪如年、梅阿会、梅瑞林、谈丫头、沈云山、陈吉宝、高应法、姚明善、费子原。

"白色恐怖并不因为'漱村事件'而结束，6 月 19 日，县长谈益民核发了布告，原文为：

为检举附匪分子，仰阖邑民众凛遵由：

府 ×× 衔布告。秘机字第 × 号。中华民国　年　月　日

　　查此次匪军窜扰，横征暴敛，擢罪难数。复假借抗日民主之谬说，希图摧毁我抗战机体，以逞其篡夺政权之野心。克我中央大军，源源开抵浙西，匪军已闻风披靡，狼狈溃却。本府为除恶务尽，以解民困计，除派员分赴各乡宣抚，以慰民望外，所有甘心附匪，为虎作伥之地方败类，（尤吾民众）务须（民众据实）检举，（密告或捕送本府，并优予奖励），以凭法办而肃纲纪。倘有隐匿不报者，一经察觉，（按连坐

切结办法），［定］予（以）通匪论处，决不宽贷。仰阖邑民众一体凛遵，毋违切切！

此布　　　县长：谈益〇　　六月十九日拟（王应贤盖章）

核呈　　　（益民　　六。二十）

"以上这份由当年县政府秘书长王应贤代拟的布告，方括号内的文字为原件所有，而被删去者，圆括号内的文字为县长谈益民增添。原件日期后盖有'王应贤印'阴篆图章一方，全文用毛笔书写。谈益民改动处系用钢笔，'核呈'下面有谈益民的签名和日期。这份珍贵的历史文献，今藏于德清县档案局288—1—31—8民国档案内。至于这张布告是否张贴到大街上，则已不得而知。

"事情并未结束，六月二十五日，又一份密令由县政府发出，全文如下：

德清县政府密令，　　秘机字第X号　　卅四年六月二五日　　密办

令新市区区长　李邦义

据报，该区辖境暨辖境附近，尚有附匪分子潜伏，自应予以彻底扑灭，以靖地方而杜后患。合亟抄发附匪分子名单一纸，仰即剋日派队，驰往兜缉，归案法办，毋延为要。计附发附匪分子名单一纸。

县长：谈益〇

"下附的附匪分子名单，总共开列48人。其中上报通缉的22人，他们是抗日民主政府德清县政府第二科科长黄来青，吴兴县政府秘书冯缵珪，旧粮清查处股员陈汤民、谈声佩，县政府科员王梦飞，谍报队长冯老三，谍报队员江宗元、杨名坚、潘正福、王念富、高阿炳、嵇金林、潘子卿，洛舍区署税务主任杨志伟，洛舍区署税务副主任王赐，白彪乡乡长车震源，钟管区署办事员吴子钦，钟管区署收税员沈宝春、俞金荣，密探王宝春，政治部突击组组员陆菊林，县政府侦察组组员祥楚子。

"暂时稳住不动，待公粮问题解决后再予以处理者1人，即余不区署民政股主任、原国民政府蠡山乡乡长蔡剑鸣。

"查明再决后5人，他们是：蠡山乡副乡长沈宝林、余不镇收税员邱鸿轩、沈阿呆，捐税局职员沈友庆，区署职员沈阿本。交洛舍、下舍等区署查明再决者13人，他们是：洛舍镇镇长唐子良，洛舍镇公所职员汤执中、潘金龙，余不镇副镇长马桂卿、徐瑞昌，余不镇姚金毛、沈子清、杨俊宝、王金生，钟管农救会会长章云升，会员姚卯生、姚凤山、沈六生。

"革命阵营中也有软骨头，所以，附匪名单备注中有'被迫附匪，准自首'，'被迫参加，准自首'等批语，共6人，他们是：仁寿乡乡长施生初，余不镇镇长蒋承谟，余不镇副镇长夏宝善，县政府侦察组组员张子祥，白彪乡乡民代表车玉轩，递步哨哨丁陆德发。

"未写明处理方式者1人。

　　"从上面的附匪名单中，我们可以看到当年参加革命的进步民众，也可分为三个类型，上了通缉令的是坚定分子；查明再决或交由区署去复查者是动摇分子；准其自首者是变节分子。如今，我们剔除动摇、变节两个类型，剩下的革命者尚有 22 位之多。可惜解放七十多年了，当年被杀了头的和上了通缉令的革命同志，至今依旧寂寞，在各种纪念场合，从来没有人提到过他们的名字，理由很简单：一来他们没有光辉的业绩传世，二来也没有单位承认他们是革命烈士。但我认为，在那个历史特定时期，他们是革命的、进步的民众，虽然他们只能成为草根，但他们身上确曾发过光和热，推动了历史车轮的前进。如今，当我们欢乐地生活在幸福中时，切不可只顾着欣赏鲜花，而忘了那一丛丛带着泥土清香的基本的根。"

　　对于陈老师所提的"草根英雄"，是否可理解为"平凡英雄"？然，无论是草根英雄还是平凡英雄，他们在这个世界上发出了自己的光和热，他们推动了历史这个巨轮，他们给予人希望……世人的英雄颂是不会给英雄分等级的，那"带着泥土清香的基本的根"，怎能忘！

　　朱根文先生是德清县党史办早年的负责人，我觉得，我必须听听他的声音。朋友说，他年近 90，不知还能说什么。但神奇的是，一进入历史这个话题，朱老就有了兴趣，且能顺着逻辑不紧不慢地回答你的问题。对一些历史人物的评价，他有他的观点，思维并未僵化。

他告诉我们，他原是卫生学校毕业的，分配到德清卫生局工作，后来阴差阳错地被安排做起党史收集调研工作，主要调查整理浙西特委在莫干山一带的战斗历史，调查对象基本是还在世的人员，记下他们的讲述。

他说，民国时期的武康和德清分分合合，浙西特委的人员主要活动在武康、三桥、莫干一带。由于战斗的特殊性，他们经常改名换姓，有时到一个地方换一个名字，所以新中国成立后有的人很难找，首先是姓名对不上。比如于1941年12月至1942年2月担任过武德县委书记的王子达，到了嘉兴又叫王春生。

对于中共统战工作的厉害，体会最深切的是蒋介石。他到台湾后，反思的一句感叹流传甚广："天下何人不通共！"这句话也成了对中共统战工作最好的评价。看历史上国共两党的隐秘战线，就知道国民党政府为何在短短三年里迅速溃败，原因当然有很多，而中国共产党无处不在的统战工作绝对是一个重要的因素。

讲到隐蔽战线的具体斗争，朱老说，那是非常复杂的，很多进行地下情报工作的人员是非常了不起的，他们为了掩护身份，不得不附和敌方，甚至公开声称自己是敌方人员，中共有很伟大的谍报战士，被自己人误作敌方的人或者亲敌分子，也是难免。万一失去与上级的单线联系，那就不好说了，谁能证明？

各个地下党组织分属各条线，相互都不认识，也没有档案可查，有的只能从敌档里面证明他的存在……所以，当一个人决定要进行这样的事业时，要做地下谍报工作时——没错，那时中共的情报工作也叫谍报工作——也就意味着不仅把生命置之度外，而且也把个人声誉托付给了无常的命运，放弃了自身的各种利益。假如没有强大的信仰，谁会选择这样的工作？并以此当事业来做呢？

朱老认为，一个人在历史上有没有做贡献，不能离开历史背景做出评价，而是要用辩证法"一分为二"来分析判断，像地下谍报人员这样一个特殊群体，我们更加要把当时的历史条件弄清楚，不能轻易误判，更不能被敌方的离间手段蒙蔽，误伤了自己的忠诚战士。

情报不仅在军事决策上有重要作用，在国家的其他决策上同样具有重要作用。因此，无论是古代，还是现代，任何一位优秀政治家或军事家，都非常重视情报的搜集。只有通过情报才能及时掌握敌人的虚实、意图和动向，以便制定相应的对策，在斗争中取得主动权，克敌制胜，立于不败之地。在先秦用间思想中，孙子把情报活动提高到"仁"的高度来认识。他把战争中不重视情报的人，称为"不仁之至"，认为不重视情报的人不是好将领，不是好国君，不能治理国家。他从爱国爱民立场出发，把情报意识看成是衡量能将和贤君的标准之一，把情报活动和国家的存亡以及人民的利益联系起来。

"我从事党史工作一辈子，就是要求自己用实事求是精神指导工作。历史是复杂的，但只要用心去做，总是会有收获的。我现在年纪大了，很多东西记不清了，不知后面的年轻人还能知道多少，会不会跟上来。这是严肃严谨的工作，没有责任心是做不好的。要对党负责，对他人负责，对自己负责。"他对传承这件大事不无担忧。

朱老觉得自己的大脑并未随着年老体衰而退化。当带我去朱老家拜访的朋友（曾任德清县文联主席），问他是否每天还下棋时，他骄傲地回答："下棋，我每次还都是冠军。"

老人骨子里的不言败，让我想起了海明威《老人与海》中的老人。

就是在这位不言败老人的指点下，我们去朋友家找到了《中国共产党浙江省德清县组织史资料（1927.5—1987.12）》，查到了我祖父在抗日民主政府中的职位，乃是谍报队长。

一切犹如神明在上，指引我寻访之路的走向。我不由狠拍朋友的肩膀：不可思议，实在不可思议！

神秘扶助至今成谜

无论是父亲冯翔（冯鸣玉）的回忆，还是姑妈的记忆，他们总忘不了曾经得到的帮助。

父亲一生坎坷，晚年他常说，既有自己不识人头（不识透人的本质）被暗算的教训，也有自己政治上幼稚的无奈。所幸，最终还是得到了重视。他清楚，那年他到杭州工作，正式成为剧团编剧，当时的省农垦局局长张天成、省农业厅厅长孙万鹏（灰学理论创始人）和省文联主席顾锡东（著名剧作家）等，都给予支持及具体指导；他清楚，每当遇到几乎过不去的坎时，无形中总有一种力量推着他跨越；他清楚，德清是父辈战斗过的地方，作为编剧，他应该创作以德清为背景的戏剧和文学作品。

他确实创作了不少有德清元素的作品，可是，没有一个与他父母有关。

后人对他不理解，甚至有点不耐烦，态度有点粗暴：写写写，写这么多，为什么不写你父亲，不写你老祖，不写你们家族史？

他沉默。许久许久蹦出一句：为什么那么多医生治不好自己家人的毛病！

他怕写不好，写出来没人看？是的，他一讲我家从前……眼前的人就走了个七零八落。他缺少听众，得不到理解。

其实，他是有使命感的，只是我们没有感觉到，没有耐心去聆听他想表达的真实的叙述，没有给到他必要的协助，反而用一种冷暴力挫伤了他。

在我开始意识到必须做点什么时，似已太晚，但我还是决定追寻。朋友问为什么，我只能给出两个字"救赎"。

好吧，先理一下我父亲他们曾经得到过的帮助，即使已找不到神秘的援手，只是把知道的讲出来，也是心意的表达。

战争结束，和平到来，公私合营。"天生"实体不再是个人资产，对此，我祖母不仅没有任何怨言，反而一身轻松。事实上，"天生"从出世起，就不是个人的，而是组织的经济实体，在里面工作的人并未因此而成为富翁，尽管有时赚到的"铜钿银子滚来滚去多么的悦耳动听"，甚至撑破钱柜，但这里面的人知道，这些都只是过手的东西，尽快要派作他用。我祖父去世后，千斤重担落到我祖母身上，剩下的空架子，只能勉强维持一家人的温饱。我祖母当然愿意政府接手，她从此解脱。

也就这个时候，我祖母他们得到了帮助。

"当时的乾元镇直街居委会主任叫茅志清，是修钟表的，大家都叫他茅先生（我姑妈却说是毛先生），还有一位外号'白和尚'的第一任县公安局局长，他们好像知道我们家的情况，知道我爹是地下党，所以对我们非常照顾。"我父亲说。

姑妈冯连方讲："应该说，我的工作是得到了政府关照的。德清解放后，我才16岁，就进了人民银行工作，一般人进不了这么好的单位。"

有时，帮助冯老三家人解决实际问题的援手，不知来自何方。

1956年9月15日，浙江省商业厅复函德清县商业局（《关于对冯鸣玉安排问题的批复》），对县局于9月3日提交的报告，回复"我们认为可以给予安排"工作。这让冯鸣玉既惊喜又纳闷，为什么他的工作安排需要县商业局上报省厅，而省厅那么快就回复给予安排？

来自身后默默的支持和帮助，既让冯鸣玉姐弟深深感激，也是颇费猜测。他们总想有朝一日可以报答，深感遗憾的是，在他们身后的好人从未现身，而当年保护过他们的莫干山汪姓人家，再也没有相遇（新中国成立后，大多数山民被安置到山下各乡）。童年的记忆逐渐淡化时，有的却刀刻斧凿般再也无法抹去。那藏匿莫干山数月的历险经历，已在冯宝玉和冯鸣玉姐弟俩的心中定格，难以消弭……在最后的日子里，冯鸣玉其实很想回德清。

如果说，用努力工作来感恩所有，也是一种行动，那么身为编剧的冯翔，一生笔耕不辍，算不算是修为呢？

冯连方后来到杭州市二轻局工作，因做事积极努力，获得领导和同事一致好评，从 1964 年开始到退休，每年都被评为先进工作者或作为主要岗位人员的部门被评为先进集体。现今，亲戚笑称她是"博导"，因为不仅她的两个儿子儿媳是博士，连她带过的孙女也是博士，一个孙子哈佛毕业后，已回浙江大学工作。她说她重视孩子的教育，是受父母影响。"培养孩子进大学深造，家庭环境很重要。我和孩子的爹宁可多做点多辛苦点，也要为他们创造读书条件。我希望一代比一代强，靠真本领做人做事，为社会多点贡献。"

蔡士恒伯伯是我祖父的义子，叫我祖父亲爸，现年 90 岁，早已从德清县文化馆的岗位上退休。那时，直街铜锡白铁店他家开的，老板蔡贞元是他父亲，我想，他家也应该对我祖父他们的地下工作有帮助，甚至成为共同战壕的战友也未可知。他讲："我外祖父母是绍兴人，我邻居箍桶店老板他们全家是绍兴人，老板姜华庭很可能与我亲爸（冯国柱）亲妈（汤彩霞）他们关系密切。"

他家开的铜锡洋铁店，在日军入侵后店堂基本被捣毁，铜成了军用物资禁止买卖，他父亲和他的哥只能做洋铁活自产自销维持生计。直街的长发当铺也只得关闭，变成马草仓库，为日军收购马草。日军住在溪东，总部在溪东蔡家大屋。

他们曾经避难到乡下，祖父住在三里塘油坊，油坊遭日机轰炸，祖父不幸死于倒塌的墙下。德清沦陷后，老百姓吃足了苦头，对大人暗地里的抗日活动，他隐隐约约有印象，那时已经七八岁的他，知道大人们经常在商量一些大事情，他们这些小孩被赶到外面，看到陌生人要老远喊："客人来了！"

"我父亲尽管是个手工劳动者，但待人接物很有教养，与尊长谈话，都使用'令尊''令郎''小犬'之类文明言辞。我亲爸和我父亲交朋友，收我为义子，大概也是看中了我父亲这一点。"

直街最大的店铺是沈天顺银匠店，另外的店主都是普通的手工业者，门面不大。直街的打铁铺老板姓刘。一条街上的街坊邻居，关系都非常融洽，对付共同的敌人东洋兵，需要怎么做都不用说穿的。

"那时，我很少看到亲爸，只看到亲妈来来去去忙进忙出，大家都说她做事很能干，镶牙社和照相馆好像都是她在管，来来往往的人都叫她三阿嫂，街坊的人叫我亲爸就叫'冯老三'，至于他的其他名字'冯文治、冯国柱'什么的，我都很少听人叫过。我想我亲爸大概也希望大家只记住他这个顺口的名字，有利于隐藏他的真实身份。事实上，我都不知道他出生在绍兴哪里，是什么样的人家，我的父母也应该不清楚的。这大概都源于地下工作的保密纪律吧！"

蔡伯伯说他很少去务前街亲爸他们住的地方，觉得那里很神秘，"我亲爸蛮有知识，还懂几句简单的日语，可能与他的地下党工作有关。"

蔡伯伯少时离开德清到湖州当学徒，对他亲爸的地下党工作不是很了解，新中国成立后回德清听人说起过。

"我亲爸的子女后来都离开了德清，直到我们都退休，有次宝玉（冯连方）来德清玩，讲起我亲爸地下工作的事，很是感慨。我就觉得姜华庭他们一家应该配合我亲爸做过好些事，他们同是绍兴人，很谈得来。当时我家和华庭阿娘家只隔了一道木板。"蔡伯伯和我姑妈一样，提起华庭娘娘一家，都是美言，还反复讲，姜华庭家里肯定有革命者。我想也应该是，我祖父刚到德清就与绍兴人姜华庭熟了，从后面的亲疏来看，应该不仅仅是老乡关系。

"那时，有位住附近乡下的女人，看上去比我亲妈岁数大，经常来帮我亲妈做事。她有个孙女，好像开过爿五金店，在县东街。"蔡伯伯又说。

蔡伯伯在我祖父被国民党政府通缉时，已离开德清，后在湖州参加了革命工作。他提到的那位住附近乡下经常帮我祖母做事的，应该是家住白象圩（县城近郊）的张阿秀奶奶，我在外婆家见到过年迈的她。她那开五金店的孙女，是改革开放后德清第一代女企业家，女企业家的女儿继承母亲的创业精神，成为二代企业家，开创了新的事业。前不久，县委书记还带了相关领导去他们企业调研和指导。

苦尽甘来的人们，更懂得"珍惜"两字，更懂得生命的意义。

很想知道华庭娘娘一家的后人在哪里，却无人可以告知。

人们需要开明精神

《文艺研究》2021 年第 4 期，刊登了《启蒙、生意与政治的张力——以开明书店为中心的考察》一文（作者邱雪松），该文摘要指出，五四运动后，"新书业"成长为出版领域崭新的行业分支，它既传达了代际更替、行业变迁、思想嬗迭等多重内涵，亦重塑了文化呈现形态，在 1949 年以后更成为新出版体制的结构性因素之一。开明书店作为"新书业"的代表，集聚了一群具有相同理念的"五四"知识分子。以新文学"启蒙"大众。新中国成立后，开明人一系列关于出版的制度设想，被新中国吸纳与落实。开明书店的案例启示我们，研究现代出版与现代文学之间的关系，应立体化地审视"启蒙""生意""政治"的内在张力。

这是一张非常独特的股票，持股者竟是曾经的中共中央总书记胡耀邦。

据闻，胡耀邦于 1952 年 8 月调到团中央担任第一书记时，对办好中国青年报十分关注，强调青年团必须有一个强大的书刊出版阵地。当时团中央下属的青年出版社正在与开明书店筹建公私合营中国青年出版社。胡耀邦认为这是一件大好事，因为开明书店有一批饱学之士，两个单位的"合营"，是对团的出版事业的扩大和加强。他曾多次强调，不要因为开明书店过去是私营企业，就把"开明"的同志看成是"私方人员"，去片面强调"改造"，要知道开明书店在新中国成立前是新民主主义革命中诞生的一家进步书店，对中国文化事业做出过贡献。当中国青年出版社正式成立时，胡耀邦决定由他亲自来担任中国青年出版社董事会的董事长（1955 年后由刘导生接任，副董事长为邵力子）。

对此，吴甲选讲述：开明书店创建后，将目标首先定在百年大计的教育事业，所出书籍以中学教科书和课外辅导读物为主，另出有许多文艺和文史书籍以及丛书，旨在创造良好的文化氛围，倡导新式思想和生活潮流，扶植新生作家。一开始，章锡琛并不知道胡愈之是共产党员，但在他的每一个人生重要关口，都有胡愈之的身影，只要是胡愈之的主张，他完全信任。

1950 年 2 月，开明书店董事会正式具文向政府申请公私合营。1951 年冬，出版总署拨给开明书店五万元资金，帮助开明书店的发展。就在这一年，出版总署还与团中央联系，建议开明书店与青年出版社合并，总署认为两家的读者对象都是青少年，双方各有优势，合并起来，可以优势互补，将能发挥更大的作用。经过一段时间的磋商和酝酿，1952 年底，两家出版社的职工便合在一起办公了。1953 年 4 月 15 日，两社对外宣布正式联合，成立了中国青年出版社。

两社联合成立的公私合营的股份有限公司，谁来当常务董事呢？这个头衔落到了三个名人的头上，第一位是当时青年团第一书记胡耀邦同志，第二位是原开明书店股份有限公司董事长邵力子先生，第三位是青年团中央书记处书记刘导生同志。董事会的成员有胡克实、于北辰、韦君宜、杨述、朱语今、李庚、左林、陈绪宗、郑振铎、章锡琛、章锡珊、王伯祥、章育文、傅彬然、吴觉农、傅耕莘等人。

一张股票之所以保存至今，是因为当时办公人员在加盖刘导生同志的私印时误将胡耀邦同志的私印盖上了，后经发现又加盖了作废印戳，这样作为档案保留了下来，这也是目前所能见到的有着胡耀邦私印的新中国股票，被定级为海内外孤品。

这张股票透露出的信息，也应该包含了中国共产党的初心所在。

章心农有说：文豪巴金先生讲过，可以说，我的文学生活是从开明书店开始的，没有开明就不会有我这60年的文学生活。

叶圣陶对开明书店有阐释：开明夙有风，思不出其位；朴实而无华，求进勿欲锐；唯愿文教敷，遑顾心力瘁。叶圣陶还为开明人专门撰写了社歌《开明风》，寄给小提琴家马思聪谱了曲，开明歌咏队经常进行演唱，"开明风、开明风，好处在稳重，所惜太从容；处常绰有余，应变有时穷……"

章士箐的《三着戎衣》中写道：往往家里人都看戏去了，只有大伯（章锡琛）还是手不释卷，闭门读书……纵然锣鼓声破窗而入，大伯却不动声色，塞耳闭窗，秉烛夜读。

金灿然也曾说：章先生对工作实在热心，不要说在家里，就是外出，他也把工作中要处理的事务带在身边，一有空闲他就拿出来干。他真是一个不知疲倦的人。

因着开明书店的历史地位，开明书店的牌子至今被保留着。因着章锡琛所做出的贡献，1988年由中华书局出面，为章锡琛撤销右派定性，恢复其名誉与原职级，并追认为"具有民族气节的爱国出版家"。10月14日，中华书局为章锡琛先生在八宝山革命公墓举行了骨灰安放仪式。

章家现已有第五代，在台湾地区也有后人。1983年章家后人曾有过大团聚。

业界不忘开明精神，后人继承不断创新，这是历史记忆的意义。

再说回我的曾祖母章氏，上虞的道墟镇（也有人说是淞厦的章家村），应该是她的出生之地。我们来到这里，看到了小桥流水，看到了修缮的深宅大院中有章氏老屋，却无人能告知我的曾祖母出生之地。我们后人不能忘记的是，一个走出深深庭院，支持革命，倡导平等，养育了优秀儿子的旧时女子，是无数个不凡巾帼之一，是柔美和刚强的化身，有着宽广的母亲胸怀……2021年4月17日，我去了白马湖。这里留有太多名人志士的足迹，也有我曾祖母吟诗作画的身影。

白马湖真的太美了，浩渺的湖面，碧绿的湖水，暖阳下，微风拂过，波光粼粼；湖面上看不到吵吵闹闹的船只，四周宁静得可听到一片树叶的飘落声……不过，时不时会有鸟鸣打破寂静，空气里弥漫着诗意的生机。名师们仿佛就在身边，给予启示和指引。丰子恺旧居、夏丏尊旧居、朱自清旧居……湖畔一栋栋名师住过的小楼绿叶红花簇拥，清雅洁明。走进院门，书香味扑面而来，正厅内，大师在对你微笑。

当年的先驱者革命者，百年后风采依然；当年的筑梦人在泛黄的照片上依稀可辨。

春晖中学，里里外外透着高贵和不同凡响的气质。前后几任国家领导人到过这里，可见对她的厚望和期待非同寻常。据说，这里的生源来自绍兴各个学校学习成绩最好的孩子。

因了春晖老校友的带领，我们进了校园。在这里，又看到了章锡琛和胡愈之、夏丏尊、叶圣陶等人的合影。同行中，有人说白马湖畔有何香凝的别墅"蓼花居"，比邻经亨颐的长松山房。但也有人说蓼花居早就不在了。无论在与不在，一个如此美丽的白马湖，就足够我慢慢领略那些先驱者的神采了。

操场上，有女学生排着队，个个身边竖立着不同色彩的拉杆箱，与她们青春靓丽的身影，组成一道亮丽的风景线，在校园中美如彩虹……

突然想起冯家台门里那个厢楼，厢楼正中那个镂空的四方竖井，竖井边沿的雕花木栏——一开始，我还以为这是豪宅看天庭装饰的空间，故意把楼板抽空一大块，使下面的人可以看到大厅楼上的景致，楼上的人可以看到下面大厅里的情景。然而，一旁参与大屋修复的村人告知，这里是把食物或其他用品吊上楼的空间，主要供小姐用。我说小姐也太懒了，不会下楼去吃？村人说，不是小姐懒，是小姐根本不可以下楼。这就是大屋里的规矩。大屋里的小姐相等于囚徒？我被震蒙。难怪大院内东西两边都有长长的厢房，且楼上楼下相连，也有不贯通的，很可能为防备小姐出溜。楼上的厢房过道，走着走着会突然被挡。想象着一个女孩在待嫁前的日子里，不仅足不出户，而且不得出闺房，那是一种什么体验？我不由头皮发麻。

于是，我更觉得我的曾祖母了不起，她定是砸开了一道道枷锁，为自己获得了做人的起码尊严和自由。也有可能夫家看在她不菲的嫁妆份上，给她网开一面。总之，她没被死死锁住。还是这位村人，他说，那时嫁女带上造小楼的钱，是有的，娘家就怕女儿在夫家受欺，只能用更多的嫁妆为女儿争取幸福，所以婚姻讲究门当户对，富人家和富人家联姻，就是这样。

"现在还不是这样？有的地方习俗是女方从男方获得彩礼的话，一般女方会回礼 1 至 2 倍，女方娘家的条件好，还会配送很多东西。"有人说。

腐朽的思想又在沉渣泛起，人们的观念还在来回反复。也许，这就是我们要继续努力、继续奋斗的缘由之一，那已然远去的筑梦者，我的祖父祖母，他们也许已经想到了很多很多，而时间太过促狭，没有给他们更多从容应对的机会。

有一种精神叫开明精神，前人已经举着这面旗帜从荆棘上走过。承前启后、继往开来、开拓进取，后来者依然需要这样的精神引领。

面对白马湖，又感觉到阳光里的香气，猛吸几口，心头顿觉豁亮：爷爷，你当年走出那大屋，毫不留恋大屋里给你的锦衣玉食，宁愿走上艰难的革命道路……爷爷，愿后人都能懂您！

奔跑于希望的田野

素有水乡、桥乡、酒乡美称的绍兴，典故瑰丽，古迹斑斓，传说动人。

虽说之前去过马山镇，但对它也还一直是个模糊的概念，

192

我总想知道当年冯家在这里到底发生了什么，心底里还有个愿望：百年冯氏古宅是否要保护一下。站在马山镇的马山河边，望向宁桑，曾有点迷茫……

看了章士寰的《三着戎衣》，里面有乡愁："绍兴县的乡镇集市，旧有'九埠十八镇'之分，十八镇之一的马山镇，地处平原，水网交错，桥河辉映，绿水抱镇，风光宜人。街头巷尾，店铺鳞次栉比，不乏富商大贾，名门望族。马山镇陈家横村的陈家，宋家溇的宋家，宁桑村的冯家，豆姜村的鲍家，虽然不能与国民党四大家族蒋、宋、孔、陈相媲美，也因号称马山地界的四大家族而闻名遐迩。"

镇上有老人说，旧时从这河上的古桥（就在章锡琛家祖屋边上）到宁桑村也就十多分钟。老人还说，宁桑冯家当年有个浪荡公子，整天晃荡在镇上，只知吃喝玩乐……

当年我祖父那么迫切地离家求学，显然，对老屋里透露出来的腐朽、落后的气息已无法忍受，最终他选择走上革命道路，且是那样的义无反顾，直至生命将终结之时，才无可奈何得像片落叶，飘落回他出生的地方。而他又不想连累家族，坚持尸骨不留。

爷爷啊，我的爷爷，我知道"青山处处埋忠骨，何须马革裹尸还"，可是，对于您的决绝，今天的我们岂能安然接受！

2021年4月中旬，我又来到这里，并幸运地找到了从前的老亲。一连几天，章家后人章严带我这家那家地跑，当车夫兼翻译。

以前觉得绍兴话好硬，现在听出了黄酒的味道，带着适度的温良。绍兴话独特的韵味，听着就像唱戏：嗦西哆来（啥东西拿来），咪嗦西哆来（棉纱线拿来）。这魔性十足的越语，焉能不叫人欢喜。

令人遗憾的是，因开发需要，马山宁桑村整个村庄正要拆迁，剩下一个孤零零的冯家台门，不知会否承担起讲述历史的重任。

村前村后地找原村民，有七八十岁的冯姓村民，有同姓不同宗族的，还找到了从前的老村长……响亮的绍兴土话无所顾忌地在村庄上空碰撞，大家你说说我说说，仿佛回到了那个差点被遗忘的岁月。

73岁的冯培林说：我家不属于冯家台门里的，我哥哥在冯家台门（大宅）做过事。关于冯家台门的事，我也是听长辈和村里的人聊天，记住了一些。

他讲，大房子前前后后造了大约105年，光是阴沟（下水道）做了一年多。大院外东面有偏屋做财务。溇底在东门边。门前道地（场地）都是大石板铺垫。人们叫大屋里的长辈店王，叫店王后辈少爷。冯家人多，少爷都叫到25个。那个辰光绍兴洋泾湖有土匪，冯家台门被土匪盯上。放家里头的24万大洋，被土匪抢去12万，还被绑架了几个人，土匪知道，冯家银行里还有钱。为了救人，冯家赶紧给赎金，但土匪还是撕票杀人。

新中国刚成立时，冯家的人都跑得差不多了，他们大多数跑到上海、南京、杭州，没有听说有跑到国外的。后来大屋驻扎了部队，又做了国家粮仓。前几年政府出了 400 万元，修复冯家台门，大概是 2019 年底完工的。

冯家有代字辈（？）、文字辈、连字辈。太爷爷的太爷爷大老冯（冯阿七）、二老冯、三老冯，都是很早很早的事了。文字辈中有个冯文华，日本留学后回杭州当中医，当时名气很大，村里人叫他儿子汉水少爷，住在杭州小营巷 56 号。毛主席到杭州视察时，还到过汉水少爷的家。据说毛主席看到这户人家很干净，就直接进了门，所以汉水少爷家的人根本不知道毛主席来了，包括陪同的官员，也没有料到毛主席会进到这户人家（注：1958 年 1 月 5 日，毛主席在去杭州机场途中，临时决定到小营巷视察卫生情况。他先后来到 61 号、56 号、42 号三个墙门，看了居民的卧室、厅堂、厨房、菜橱、水缸等，赞扬说："你们的卫生工作搞得不错！"）。后来杭州小营巷 56 号成了纪念馆，纪念当年毛主席视察过这里。

"文字辈中还有个在南京当教授的，'文化大革命'中回乡劳动改造。还有一个叫阿康的，新中国成立前当过县参议员，也回乡改造。他们的后代现在都没有在村里了。"冯培林的绍兴话，有不少我没听明白，但感觉亲切。章严一字不漏地翻译着，"嘉善同样的冯家台门，说是由一个叫小东的少爷管理，有好几个汽艇。那时候，汽艇是很少见的，可想那个嘉善冯家台门，比我们这里要气派。可能是吸取这里被土匪抢的教训，他们那里做了准备。嘉善冯家台门的长工都是苏北人，与我们这里还是有区别的。"

冯培林讲着讲着就对章严说，他认识他的父亲章士寰，他所知道的冯家台门里的一些事，也是听他（章严）的姑婆章懿的陪嫁丫头说的。章严说，是有这个人，在他们家最困难的时候，给过他们很多帮助。一个丫头，跟着嫁进了冯家，对冯家的了解自是最直接的，遗憾的是，这些人都已踪迹难觅。

老村长邹成龙讲，宁桑至少在南宋之前就有古村落。旧时的宁桑是个大村，在人口相对稀少的明末清初，就号称有"1000厨灶"，就是说拥有1000户人家（一般每户人家一层厨灶）。这里是水乡，村落间以舟船道行，一直到"文化大革命"前夕，这里还有十庵九溇。村民一直以种粮为主，宁桑冯家靠种粮发家致富。20世纪流传下来一句口头禅："宁桑冯家、豆姜鲍家。"宁桑冯家讲的就是居住在宁桑南池溇的"三老冯"，他是勤劳俭朴、精明能干者中的佼佼者，带领五个儿子以农耕为业，踏实奋进，开拓进取，不仅在家乡耕种管理一百多亩耕地，还远赴"下三府（杭嘉湖）"，在嘉善境内开垦了300亩荒田。发家致富后，先在"下三府"建造了一幢九间三进的大宅院；几年之后，又在家乡南池溇建造大宅院，与"下三府"的屋型相同，这就是宁桑"冯家台门"。

宁桑的渔业也是历史悠久，全村有100亩水面，清朝中后期至民国时期，宁桑四周环河湖，水上运输发达，从业人员较多，

曾有"宁桑大船帮,渔港竹刀帮"称誉。宁桑村现有人口 1030 人,
5 个村民小组有冯、邹、邵、张等姓氏,以"冯姓"为大姓。被
列入绍兴市文物保护单位的宁桑冯家台门坐北朝南,占地五亩,
前后几进依次为门屋、楼厅、座楼、平屋;天井东、西建厢房,
另东西隔天井又建两列厢房,构成内外圈布置。冯家台门的家
族坟地,在村子西头,现在的袍江小学边上,上面盖了锦都学
府楼盘。

　　曾担任过两届绍兴市副市长的徐文成,母亲是冯家台门里
文字辈的,叫冯文元。熟悉冯家台门的他,对于保护性维修中
留下的遗憾,也只能感叹一声。但现年八十多岁的他,还是希
望被保护的大屋要找回其蕴含的深厚的文化内涵,作为一个精
神家园的存在,让后人知道什么东西是可以传承的,是具有永
恒生命力的。

　　他说,宁桑冯氏兴衰史有各种传说,但有一点可以肯定,
房子大目标大,土匪恶痞都盯上了,在那样一个兵荒马乱的年代,
冯家跟许多富有人家一样,人身安全和财富都得不到保障,结果,
真的遭到了土匪打劫。而且,这个打劫是致命性的,不仅大量
的财富被抢走,还有三个活生生的人,命丧在土匪手中。这对
一个显赫的大家族来说,亦能不伤元气?

　　"这到底是发生在哪一年的事,我不清楚,但记得母亲告诉
我,那夜遭遇土匪时,冯家有人跑出后门,放火堆报警,马山

镇消防队赶来，途中遇到了打劫冯家后正撤离的土匪，结果被土匪蒙蔽，以为是逃难的冯家台门里的人。"对土匪强盗就这么轻易地把冯家祸害了这件事，徐文成现在说起还是摇头叹息。

他又讲，冯家这个大屋，费了一百多年的心思，外面都用大块的石板砌墙，绍兴人叫作石硝墙，除了扎实的大门和边门，也没有其他可以攻进里面的口子，然而，乱世中富人和穷人一样，没有任何保障，被抢被杀随时都有可能发生，老百姓只能听天由命。所以讲，依法治国，社会稳定，对一个国家一个民族来说，是关键，是基本。中国共产党成立 100 周年时，要纪念先驱者革命者，为什么？为什么我们要不忘初心？历史在告诉我们，不能忘记根本。

对于冯家台门的综合价值，徐文成认为，那气派在这一带也确属凤毛麟角。原来的大门口是一个宽阔的道场，场子前有个大型照壁，照壁的那一面就是美丽的田园……现在这些都没有了。不过，这么多年下来，整个建筑还算是保留得比较完整。希望她能提示后人勤劳致富，给年轻人灌输健康正确的价值观，而我们的冯氏后人要把她当作一个美好的精神家园，记得祖先的好，祖先的付出，要像祖先那样勤劳勤俭勤奋，做一个有信仰有抱负有使命感的人。

一方水土养一方人。名满天下的绍兴，唯有英豪才俊薪火相传，复兴伟业才绵延不断。

生在绍兴冯家台门的冯润玉，获悉老家被保护，欣喜万分。

她记得台门的大门很大，门前还有蛮蛮大的道地（住宅前的空地），远处就是稻田；台门里前后有好几个院子，大厅很空旷，当时很多人都已离开大屋，去外地发展了。他们一家住在楼上，感觉有点空荡荡，那时，她父亲已离开老屋去了德清。她五六岁时也离开绍兴去了外婆家，八岁左右又去德清……新中国成立后到杭州麻纺厂工作的她，一直没有放弃寻找父亲。她于1956 年加入中国共产主义青年团，1960 年加入中国共产党，并向党组织请求帮她寻找父亲。

退休后，她在杭州小营街道上马社区任居委会书记 11 年，期间多次被评为街道、社区优秀共产党员。她的外孙女朱佳音23 岁时在大学入党，现任杭州姚园寺巷党支部副书记。"如果可以，我也很想去老屋看看。老屋得到政府保护，这是幸事，她可以开发成旅游景点，我们讲讲里面发生的故事，对后辈是有教育意义的。"冯润玉期待着被保护的冯家台门，能够透过一片瓦一块砖一个柱子，讲出里面发生的故事，让后人知道中国数百年的历史进程。

绍兴市新、旧档案馆，我都去了，想查询宁桑老屋的冯氏家谱。资料员明确告知：不可能有的，"文化大革命"中毁了几乎所有家谱，现在，只要有人送来族谱家谱，档案馆就收藏，但不多。

想起冯骥才先生的提示：文化大国的气质，不能丢。或许今天，已经是我们抓住传统最后的机会。

6月下旬，当我的田野调查告一段落，决定返程时，总觉得有一个遗漏得补上。前思后想，反复核对，竟理不出个头绪。

经过几天的整理发现，所查档案和调查笔记中，"洛舍"两字出现的频率较高。是的，洛舍镇在当时武（康）德（清）地区的抗日斗争中，有着特殊的地位。而在我的潜意识中，我的祖父应该以别的方式参与其中，那里有他的战友；我祖父的大哥冯国雄，随土枪队在洛舍战斗过……

洛舍，现在很多人只知它是"中国钢琴之乡"，创造了中国农民造钢琴的奇迹。而我最早知道它是通过"你侬我侬，忒煞情多；情多处，热如火……"这支元曲《我侬词》的作者管道升(1262—1319)，字仲姬、瑶姬，德清人，丈夫是赵孟頫。赵孟頫病逝后，与夫人合葬于洛舍东衡村。

发展中的洛舍，是德清这个县域的缩影，它应该有很多故事可以启迪后人。

我去了洛舍，且不下三次。面前堆满了一大堆资料（一路走，一路数不清的资料叠加），手机微信也爆棚。一天天地查，有一种要被资料掩埋的感觉。一位熟人帮我联系了德清县洛舍镇党委委员、东衡村党委书记章顺龙，但赶上庆祝活动，那几天他太忙，不是去省里就是去市里。几天后，有消息传来，德清县洛舍镇东衡村党委刚被评为浙江省先进基层党组织（全县两个）。章顺龙既是中国共产党最基层的党组织书记，又是镇党委委员，是乡镇领导干部，对洛舍，对洛舍东衡村，他应该是最合适的讲述人。

他没有推却，就着话题，从那时讲到如今。

抗战时期的洛舍历史，大致分为这样几个阶段：1939 年 9 月，省战时政治工作二队到莫干山一带宣传抗日，在洛舍秘密建立党支部，公开组建农民武装"土枪队"；1940 年春，省政工二队队副刘苙亭带领部分队员进驻洛舍地区，开展抗日救亡活动；1945 年初春，新四军在洛舍地区建立革命根据地。

1940 年 8 月 13 日，"纪念淞沪抗战三周年"群众大会在洛舍镇大佛寺召开。省政工二队领导和"抗日反汪大同盟"代表慷慨激昂，带领群众高呼抗日口号，先进青年演出抗日反汪活报剧。会后，数百人的示威游行中，有两百多名土枪队成员扛枪举刀，高呼抗日。声势浩大的游行队伍，从大佛寺古银杏树下出发，行走在到处是抗日标语和漫画的洛舍大街上。这震撼人心的爱国情景，令老百姓群情激奋，决心团结起来与日军决一死战，保卫家乡保卫全中国！

然而，国民党顽固派于 1940 年 8 月 24 日晚，命令县特务大队，逮捕了省政工队员谢勃、徐步尧、王月秋、李增武、谢镜、张祖熙、王益轩、严正等八人，还有洛舍地方青年杨志伟、张行芳、张雨声、唐锦鑫、冯潜、姚同芳等六人，关押在当时国民党县政府警察大队的临时监牢。这就是震惊浙江省的"洛舍 8.24 事件"。

躲过逮捕的政工二队副队长刘苙亭，被包围在洛舍三支头刘王堂民宅内。曾经历过数次枪林弹雨考验的他，是闻名周边的神枪手。他用双枪杀开一条血路后，游过三条河，到砂村南庄村，换上一套农民服装，翻越凤凰山，乘 104 国道上的汽车，到桐乡洲泉向姚旦队长汇报。姚旦及时与中共浙西特委联系，浙西特委星夜兼程去杭州会见国民政府浙江省主席黄绍竑。黄绍竑是桂系左派人士，得知"洛舍事件"后立即干预。至 9 月上旬，被捕的 14 名人员全部获救。

然而，9 月 15 日，谢勃根据中共浙西特委指示，与罗希明等到三桥埠沈家山商议筹建中共武德县委。次日早晨 8 时左右，突遭日军便衣队包围，不幸被捕。21 日下午，日军将谢勃押至武康八角井，残酷地杀害了。年仅 24 岁的谢勃，生命定格在了战斗着的青春。

此时此刻，我们深切怀念"为建立、捍卫、建设新中国英勇牺牲的革命先烈，深切怀念为改革开放和社会主义现代化建设英勇献身的革命烈士，深切怀念近代以来为民族独立和人民解放顽强奋斗的所有仁人志士。他们为祖国和民族建立的丰功伟绩永载史册！他们的崇高精神永远铭记在人民心中"①。

如何用历史映照现实、远观未来？东衡村这个历史文化名村的几次蝶变能试着回答。

东衡村，从南朝开始，便是古博陆里所在地，著名文史学家沈约就出生在博陆里。南宋时期，分别出了四位尚书十一位

---

① 习近平. 在庆祝中国共产党成立 100 周年大会上的讲话 [EB/OL].(2021-7-15)[2023-01-11].http://jhsjk.people.cn/article/32146864.

进士。宋末元初的赵孟頫，因避难而隐居东衡十年，与夫人归葬在东衡山原（2013 年 3 月，赵孟頫墓地被国务院列为全国重点文保单位）。

这个 10.4 平方公里的江南水乡，现有 778 户人家，总人口3091 人，是第一批浙江省历史文化名村，也是占全国钢琴产量七分之一的"洛舍钢琴"发祥地，素有"半山半水，半读半耕；半乡半市，半武半文"之称。2012 年东衡村开始"美丽乡村"建设，以"孟頫故里、书画圣地、文化东衡"为理念，结合东衡村特有文化资源，设中心村、文化礼堂、中国农民藏书第一楼；2019 年成功创建美丽乡村精致小村建设。先后获全国民主法治村、全国生态文化村、全国农村产业融合发展示范点、全国文明村、共青团中央联系点、第六届"全国服务农民、服务基层文化建设先进集体"、浙江省千年古村落、浙江生态文明干部学院现场教学基地、3A 级旅游景区等荣誉称号。

在农业园里，鱼菜共生项目围绕"循环利用""绿色环保"的现代化发展理念，重点建设工业化循环水养殖区、蔬菜种植区，相关设施配套，实现水产品蔬菜整个生长周期的装备智能化生产。先丰农机项目于 2019 年 10 月成立，主要由种粮大户组成，承包东衡村矿区复垦地，2020 年通过粮食作物的种植，粮食总产量达到 992 吨，平均亩产达 700 公斤（含小麦、晚稻）。

在众创园里，集体经营性建设用地调整入市，将废弃矿地平整后加以合理利用，并与本地特色的钢琴产业结合，推动大众创业、万众创新，致力中国钢琴小镇的健康发展。

在文创园里，村干部充分挖掘东衡村人文底蕴，围绕"诗"和"画"的核心资源，组合全村的诗画人文要素，建造东衡文化街、赵孟頫管道升艺术馆，维修赵孟頫墓地。组合"乡贤"文化、"钢琴"文化，引入"百家百馆"，形成书画廊、艺术家村、衡风千秋乡贤馆、中国农民藏书第一楼、中国村落方言文化第一馆、乡村酒文化馆、钢琴小镇钢琴文化体验中心、尚书街等历史文化体验场馆。树立富有诗画特质和宋元时代印迹的江南诗画驿站品牌形象。

但东衡村走上小康之路并非一路坦途，早先是付出过生态代价的。时光回到几十年前，东衡村是远近闻名的石材生产基地，上海浦东机场等大型基建项目石材都产自东衡。鼎盛时期的东衡村，共有 18 家矿产企业，东衡人靠挖矿赚到了第一桶金。

然而，卖矿山的简单粗暴，埋下了东衡村可持续发展的隐患。没了绿水青山，村民的生活质量大幅下降，日益恶化的环境状况在敲警钟。东衡村不能不下定决心，让青山绿水回来。2009年底，全村关停了全部矿产企业。

可是，"矿产一停，经济为零"。随着矿产企业的关停，东衡村集体经济一夜间失去来源。与此同时，村子里布满了平均深度达 36 米的 3000 亩矿坑，积水后一旦引发地质灾害，后果不堪设想。这"卖矿山"的钱不仅没有带来幸福，而且被破坏的生态，完全有可能严重报复人类。

东衡人反思后，决定削峰填谷平整矿区，宜林则林、宜耕则耕、宜建则建，依据科学规划进行公开招标，出售东衡村矿坑填埋权，竟拍出了 1.08 亿元的好价格。拿着这笔资金，村里建起了中心村，盖起了 11 层的小洋房。随后，村里的路越修越宽，绿植多了起来，还装上了太阳能发电板，村民们说"好日子来了"。2018 年，国家发改委等七部委公布了首批国家农村产业融合发展示范园，东衡成为 100 个入选村之一。

大自然里高贵的白鹭被唤回了，在东衡村返绿的青山绿水中嬉戏。2019 年村集体经济收入达到了 2576 万元，连续三年成为湖州市集体经济第一名，村民的收入大幅度上升。2013 年 3 月，实施全村土地统一流转入股到经济合作社的方案，股权量化到每人每股 684 元，到 2019 年底整个资产已经达到了 1.5 个亿，每股达到了 5 万，增长了七十多倍，真正达到大河涨小河满的目标。

目前，东衡村除了利用废弃矿山整治出的土地，打造现代农业园，还通过转变传统模式，将钢琴众创园提档升级，设钢琴创新创业综合服务平台，从单一的钢琴生产、销售发展到钢琴研发、钢琴学校、钢琴培训等一系列钢琴产业链，将其当作文化来延伸，让村民在家门口创业、就业，带动整个村庄发展。

从吃"资源饭"到"生态饭"，从"绿水青山"到"金山银山"，东衡村的发展轨迹，在践行"两山"理念后，才走出一条践行特色乡村振兴战略、全面建成小康的正确路子，才有了村民们的幸福感。

德清洛舍农民造钢琴的故事，已被写进美国 MBA 教材中，而刚开始，这溢满文胆琴心的中国农民钢琴梦，差点就破灭，因为它引起了波及全国的人才争夺战大讨论……那是 1985 年 1 月 25 日，德清县洛舍乡经委高薪聘用上海钢琴厂四位技术人员，创办了乡镇企业——湖州钢琴厂。3 月 13 日，新华社《经济参考报》头版以《许以万金，挖走关键技术人员，人心思"走"，危及钢琴正常生产》为标题，报道了此事。此后，新华社《经济参考报》《光明日报》《文汇报》等国家级报纸，就德清与上海的人才竞争一事，在全国范围内开展了一场"希望开展怎样搞好社会主义竞争的讨论"。

时任省委书记王芳、省长薛驹，对此做出批示："认真调查此事。"随后，《浙江日报》记者的调查稿《他们为什么要离开上海钢琴厂》一文，在《供省委参阅》第 38 期上刊登，澄清对上海钢琴厂单方面调查做出的片面报道，实事求是地反映四位技术人员离开上海钢琴厂、到乡镇企业干一番事业的真实情况，肯定他们的流向是正确的、合理的，应当鼓励和提倡。3 月下旬，德清将调查材料寄给党中央、国务院和国家有关部委。3 月 27 日，在上海闭幕的全国科技人员聘任制研讨会指出："人才合理流动是好事。"4 月 19 日，《光明日报》发表文章《人才流动利大于弊，应该坚持》。同时，上海市人事局主办的《人才开发》杂志，刊登了上海 50 位学者、理论工作者撰写的《对改革现行人才管理政策的意见》，提出改革专业技术职务责任制、放开专业技术人员兼职、允许专业技术人员辞职，采取多种形式调剂余缺、改革人才管理体制等八项内容，这篇材料被列为上海市领导的重点调研课题。至此，这场惊动全国的争夺人才"官司"画上句号。关键是它为国家新的人才政策制定，提供了实践标准。

1985 年 10 月，经过四位技术人员的努力，湖州钢琴厂自行设计、研制的"伯牙牌"131-A 型和 121-A 型两种立式钢琴成功生产。12 月 21 日，这两款钢琴在杭州通过省级鉴定。

自洛舍起步，德清的乾元、武康等镇，先后办起数十家钢琴制造企业和配件企业，形成了集设计、制造、销售、培训、演出、文化于一体的钢琴产业链。2003 年 9 月，浙江德华钢琴公司与广州珠江钢琴集团有限公司合资成立珠江德华钢琴有限公司，成功开发出"罗宾自动演奏琴"，并形成各式钢琴及外壳配件等三万台（套）的生产能力，使德清县成为继珠江之后的全国第二大钢琴制造基地。

2014 年 10 月，中国轻工业联合会和中国乐器协会将唯一一个"中国钢琴之乡"称号授予洛舍镇。钢琴成为洛舍镇的特色产业和富民产业。创牌于 1999 年的浙江乐韵钢琴，目前已排入中国乐器行业 50 强暨钢琴行业 10 强。在 100 余员工中，专技人员 70 人，自主品牌"拉奥特"钢琴，是中央芭蕾舞团、中国当代芭蕾舞团指定唯一演出专用琴，被奥地利茜茜公主博物馆收藏。2011 年 3 月，乐韵与奥地利百年品牌"克拉维克"合作，另辟全新生产线，生产国际标准高端钢琴，开启企业国际化进程。2018年7月，克拉维克九尺三角钢琴助力瑞士钢琴家兰香缇独奏音乐会；2018年11月，克拉维克钢琴成为联合国地理信息大会指定用琴；2018年12月，中央电视台中文国际频道摄制组前往克拉维克钢琴生产基地，为大型纪录片《开放的中国拥抱世界》选材取景；2019年10月，乐韵钢琴再登高峰，和百年品牌"施特劳斯"合资合营成立新公司。浙江乐韵的发展，是钢琴小镇以"卓越品质，打造国际顶尖钢琴品牌"的奋斗缩影。

最近几年洛舍钢琴抱团参加上海、法兰克福、厦门等各种乐器展，相继成功举办十一届钢琴文化节，"奏响"杭州钱塘江、上海黄浦江、香港香江、澳门濠江……向全球传递洛舍钢琴的声音。

实干促发展，2020年，东衡村集体经济总收入2835.18万元，同比增长9.13%。2021年，东衡村集体经济总收入3083万元，同比增长7%。东衡村要求全体党员在希望的田野上耕耘、奔跑，追逐幸福的梦想，启动"大学习、大走访、大实践"活动，在建设美丽乡村的过程中锤炼党性，让东衡人讲好东衡故事，全力争创5A级景区村。

我们的家乡，在希望的田野上。我的祖父祖母他们当年构筑的梦想，为之奋斗献身的理想，映照在希望的田野上……

后记

　　据国家有关部门不完全统计，近代以来中国已有约 2000 万名烈士为国捐躯，但其中留下姓名的只有 196 万名。

　　有人在微博上提到：当年的地下工作者，除去无数牺牲的，还有很多人，因为种种意外，和上线中断了联系，他们吃尽千辛万苦，受尽百般酷刑，甚至丢掉性命，却可能什么回报都得不到，有的还要背负种种骂名，可能始终没能恢复身份，但他们毅然决然地做了，不怨天怨地不后悔。……这是为了什么？

　　为了信仰。

　　当蒋介石发动四一二反革命政变时，大量共产党员遭到杀害，中共党员的人数从近六万骤减至一万。很多人一说到共产党就谈虎色变，避之唯恐不及，但依然还是有很多人，冒着杀头之危，毅然加入了中国共产党，比如，1927 年 5 月 21 日，长沙发生"马日事变"，不到一个月，一万多共产党员和革命群众惨遭杀害。这时候入党就意味着牺牲，可就在这种情况下，长沙师范学校校长徐特立，找到中共湖南省委负责人李维汉，义无反顾地要求加入中国共产党。有朋友劝他："革命已经失败了，你还加入共产党做什么？"

徐特立斩钉截铁地说道："革命成功的时候，多一个人少一个人无所谓，正是因为革命失败了，我们才得干。"

在天色至暗看不到一点曙光的日子里，徐特立等人为何还要加入中国共产党？

因为信仰。

人们致敬有信仰的先辈，因为知道他们的伟大。但是，"我们却依然低估了你们的伟大"，有人发自内心感慨。

追寻信仰，永无止境。

只要我们记得，他们便永生。

人生代代无穷已，江月年年只相似；不知江月待何人，但见长江送流水。英雄后人，爱你所爱，行你所行；潮起潮落，云卷云舒，月落日升……当新的一天开始，我又将踏上穿越之路。

有人说："未来，不是穷人的天下，也不是富人的天下，而是一群志同道合、敢为人先、正直正念之人的天下。真正的危机，不是金融危机，而是道德与信仰的危机。与智者为伍，与善者同行！"我深以为然。

此刻，记起一首歌，那里面唱道：

　　在茫茫的人海里　我是哪一个

210

在奔腾的浪花里　我是哪一朵

在征服宇宙的大军里　那默默奉献的就是我

在辉煌事业的长河里　那永远奔腾的就是我

不需要你认识我　不渴望你知道我

我把青春融进　融进祖国的江河

山知道我　江河知道我

祖国不会忘记　不会忘记我

……

当山河无恙，人民富足，大地锦绣，那些逝去的无姓名记载的英雄，将与日月同辉，与星辰同在。

我的敬爱的英雄祖先，你们的在天之灵不会寂寞，飞翔的百鸟会为你们歌唱，五彩的云朵会为你们舞蹈，绚烂的霞光会为你们披上美丽的肩巾……

你们崇高的信仰，在后辈追随的高光中永恒，成为后人奋斗向前的动力，平凡生活中的启示，勤劳搭建幸福美好家园的信心所在。

深深地爱你们，我的英雄祖先……

2021 年 8 月 3 日　初稿

2021 年 11 月 23 日　修改

致谢

本书在写作中，参考了新华每日电讯、《中国共产党历史系列辞典》《中国共产党读本》《上海通史》、共产党员网（https://www.12371.cn）。

走访了全国政协《纵横》杂志社、上海图书馆、上海历史博物馆、浙江省档案馆、浙江省图书馆、浙江省政协文史资料编辑部、绍兴市柯桥区档案馆、绍兴市图书馆、绍兴市鲁迅纪念馆资料部、湖州文学院、德清县委统战部、德清县委县政府办公室、德清县文联、德清县档案馆、德清县图书馆、德清乾元镇委镇政府办公室、上海新四军历史研究会、浙江省新四军历史研究会等组织机构，一并致谢，如有遗漏，敬请谅解！